Por
amor
a la
libertad

Por amor *a la* libertad

La historia real del judío que escapó de la Alemania
nazi y se convirtió en agente secreto de Estados Unidos

RICHARD PICK

Grijalbo

El papel utilizado para la impresión de este libro ha sido fabricado a partir de madera
procedente de bosques y plantaciones gestionadas con los más altos estándares ambientales,
garantizando una explotación de los recursos sostenible con el medio ambiente y beneficiosa para las personas.

Por amor a la libertad

Título original: *For the Love of Freedom*

Primera edición: noviembre, 2023

D. R. © 2022, Susan Pick
D. R. © 2022, Richard Pick

D. R. © 2023, derechos de edición mundiales en lengua castellana:
Penguin Random House Grupo Editorial, S. A. de C. V.
Blvd. Miguel de Cervantes Saavedra núm. 301, 1er piso,
colonia Granada, alcaldía Miguel Hidalgo, C. P. 11520,
Ciudad de México

penguinlibros.com

D. R. © 2023, Pablo Piñero, por la traducción
D. R. © 2023, Susan Pick, por las fotografías

ISBN: 978-607-383-727-9

Impreso en México – *Printed in Mexico*

Índice

Introducción

Ésta es la historia de mi padre, Richard Pick (25 de julio de 1921-18 de mayo de 2015), un hombre brillante, un amigo leal, un esposo cariñoso y, sin duda, un comprometido padre, abuelo y bisabuelo.

Al entregarme un archivo con sus detalladas memorias, mi padre me pidió, varios años antes de su muerte, convertirlas en un libro o una película. Mi familia y yo estamos muy agradecidos con Pablo Piñero por llevar a cabo esta tarea. En cada momento, durante todas las veces que nos juntamos a platicar del proyecto, Pablo escuchó cuidadosamente, cuestionó y opinó, y se dedicó muchos años a completar esta maravillosa novela histórica. Gracias, Pablo.

Al pensar en mi padre, mi corazón se llena de gratitud y felicidad. Antes de que comiences a leer este libro, me gustaría compartir contigo un par de anécdotas. Cuando yo tenía apenas unos meses de nacida fui diagnosticada con tuberculosis, una agresiva enfermedad infecciosa que ataca los pulmones. El doctor le había dicho a mi padre que abriera la ventana de mi recámara aproximadamente unos veinte centímetros para que me llegara el aire fresco, pero Richard no era un hombre de aproximados, le gustaba hacer las cosas bien, así que usó una regla para asegurarse de que la ventana de mi recámara estuviera abierta *exactamente* veinte centímetros. Algunas décadas más tarde, en 1997, cuando organicé el Congreso Mundial de Psicología Aplicada, mi padre era la primera persona en llegar a la sede por las mañanas y el último en irse por las noches. Era ese tipo de padre:

siempre presente, amoroso, generoso, amable e infinitamente solidario. En muchos sentidos yo soy la mujer que soy gracias a él.

Una de las tantas cosas que mi padre me enseñó, poniendo el ejemplo, fue el ser siempre curiosa para estar en constante aprendizaje. Richard tenía una pasión por el estudio que nunca he visto en nadie más. Como ejemplo de esto está la maestría en Economía que cursó pasados sus cuarenta años, en una época en la que estaba ya increíblemente ocupado con sus deberes como esposo, padre y empresario.

También me inculcó la importancia de hacerse responsable por las decisiones y acciones que uno toma en la vida. Le gustaba tirar lápices y servilletas para cuestionar: "¿Por qué la gente usa la frase 'Se cayó'? ¿Por qué no mejor tomar la responsabilidad y decir: 'Yo lo tiré y por lo tanto soy responsable por las consecuencias tanto positivas como negativas de dicha acción'?".

Su amor por los viajes y la fotografía lo llevaron a numerosos países, a los cuales muchas veces lo acompañamos. Tomó literalmente miles de fotografías alrededor del mundo. Otra de sus pasiones era su compromiso por dejar su marca en este mundo. Éste fue un mensaje que legó a su familia y a todas las personas que conocía. Lo demostró con su amor por los más necesitados, ya fueran niños ciegos en Israel, huérfanos en México o los animales de todo el mundo. Richard le dedicó sus últimos años a conectar a hijos de nazis con hijos de víctimas del Holocausto. De hecho, eso es lo que estaba haciendo durante las últimas horas de su vida, cuando nos informó a mi hermana y a mí que no se sentía bien, pero que de ninguna manera iría al hospital. Siempre tuvo una gran claridad en cuanto a sus necesidades y deseos.

Le fascinaban los deportes. La única razón por la que podíamos faltar al colegio era si había un partido "importante" de futbol. Sólo en esas ocasiones una pelota era más importante que un libro. Mi papá también siempre fue muy cuidadoso con el dinero, pero siempre nos recordaba: "No ahorren en libros, viajes o zapatos". El aprendizaje y la firmeza eran de gran importancia para "Mann",

"Papi", "Opa" o "Bis", como lo llamaban, respectivamente, su esposa, sus hijas, sus nietos y sus bisnietos.

Así como Richard esperaba mucho de sí mismo, también esperaba mucho de los demás. Mi padre podía ser muy crítico, a veces demasiado. Si mi hermana Sylvia o yo estábamos en el cuadro de honor, él nos preguntaba por qué no teníamos calificaciones perfectas. Cuando, con mucho orgullo, terminé mis estudios de licenciatura, mi padre me preguntó cuándo cursaría el doctorado. Siempre dio por sentado que mi hermana sería médica, aquella profesión a la que a él le hubiera gustado dedicarse de no haberse topado con los nazis. Era su manera alemana de intentar ayudarnos a mi hermana y a mí a convertirnos en mejores personas. A menudo era difícil de aceptar, pero ahora le estamos muy agradecidas.

El amor de mi padre a mi madre, su adorada "Fräule", era infinito. Babeaba por ella. Tuvieron una relación de cincuenta años que terminó con la muerte de mi madre. Parte importante de lo que mantuvo fuerte esta relación fue el sentido del humor de mis padres, el de él era pícaro, mientras que el de ella era mucho más inocente. También se complementaban de muchas otras maneras: el pesimismo de mi padre era balanceado por el optimismo bonachón de mi madre; el talento de mi madre por diseñar y fabricar ropa era un gran compañero de la visión empresarial de mi padre; la actitud *laissez faire* de mi madre suavizaba la rigidez de mi padre… Pero la primera prioridad de ambos siempre fue su familia, por la cual nunca dejaron de demostrar su amor y dedicación.

No tengo palabras para describir cómo se le iluminó el rostro a Richard al ver a sus nietos y, más tarde, a sus bisnietos. Además de que constantemente les regalaba pretzels, mi padre se aseguró de siempre enseñarles cosas nuevas, la mayoría de las veces relacionadas con la historia y la economía.

Es con una enorme gratitud, un gran amor y toda la admiración a mis padres que la familia Pick pone este libro en tus manos. Esperamos de corazón que lo disfrutes.

Susan Pick

—¡Saca esa mierda de aquí!

—Sólo es el desayuno, Herr Doktor.

—No me importa. Estoy ocupado.

—Podría comer mientras disfruta de su libro.

—¿Me permitirías tal lujo? Vaya, qué generoso.

—Estoy obligado a permitírselo.

—¿Te lo ordenaron tus superiores?

—Me lo ordenan los Convenios de Ginebra, Herr Doktor. Creo que en su artículo 20.

—Deja la comida sobre el escritorio.

—¿Podría preguntarle por el título del libro?

—Viola tricolor. Pura mierda sentimental. Cuando me dijeron que había una biblioteca en este lugar, no me imaginé que se refirieran a un tumbo oxidado lleno de libros malos.

—Ya veo.

—Por lo visto, una biblioteca decente que incluya por lo menos a Remarque y von Kleist no está incluida en tus Convenios de Ginebra.

—Tenía entendido que la obra de Remarque estaba prohibida por el Reich.

—Y con justa razón. El pueblo, esto debes entenderlo… ¿Cómo te llamas?

—Offizier Petersen, Herr Doktor.

—Los ignorantes, Petersen, no entienden de matices. Les das a Remarque y se quedan con la impresión de que el nuestro es un país de

13

cobardes. Comprenderás cómo aquello podría ir en contra de nuestro proyecto. Pero las personas como yo, en cambio, entendemos las complejidades del alma humana. Podemos leer en Remarque que los alemanes somos guerreros, claro, pero también poetas; que la guerra es devastadora, pero también hermosa.

PARTE I

1927

Villa Hammerschmiede
Söllingen, Alemania

Claro que a Richard le gustaban los pájaros, pero nunca hubiera querido *ser* un pájaro. ¡Qué absurdo! Se sabía los nombres de muchas aves porque papá, un aficionado en la observación de pájaros, se los había enseñado. Alrededor de la Villa pululaba la perdiz roja, que se veía muy seria; el urogallo, el cual siempre parecía necesitar un baño, y el chotacabras, una especie particularmente difícil de detectar porque nada más salía de noche y tenía el color de las ramas donde descansaba. Pero ¿qué tipo de persona pensaría siquiera en convertirse en un pájaro? Sólo Benno. Pero Benno estaba loco.

—¿Y aquél? —dijo Benno apuntando con una de sus sucias uñas a un ave café de pico amarillo que cantaba en una rama sobre ellos.

Había sido un verano lluvioso, así que los árboles que rodeaban la Villa estaban verdes, exuberantes. "No mucha gente puede vivir en un lugar tan hermoso como éste", le había dicho papá a Richard al comienzo de la primavera. Pero no mencionó los nombres de ninguno de los árboles. Ahora Richard se daba cuenta de que había más tipos de árboles que de pájaros. Tal vez de grande sería botánico y así sabría los nombres de todos los árboles y todos los pájaros del mundo. ¿Los botánicos estudiaban a las aves? Seguramente. Los árboles y los pájaros eran casi lo mismo. Imposible imaginar a uno sin el otro: los árboles existen para alojar a los pájaros y los pájaros para vivir en los árboles. Por ahora, sin embargo, Richard estaba perplejo. Papá no le había dicho el nombre del pájaro café con el pico amarillo o el nombre del árbol en el que descansaba dicho pájaro. Se sintió avergonzado.

—¿Sabías que los gansos también son aves? —dijo Richard para desviar la atención de su ignorancia.

Cuando sonreía, Benno dejaba al descubierto sus dientes chuecos y manchados, así como los huecos de los dientes que había perdido.

—Me parece que sí lo sabía, Richard. —Su nariz estaba igual de chueca que sus dientes, y cuando Benno hablaba, se enchuecaba aún más—. Pero no me has contestado: ¿te gustaría ser pájaro?

—¿Por qué tienes la barba roja si tu melena es negra?

Benno arrancó un pelo de su barba desaliñada para analizarlo con detalle.

—Tienes razón. Tengo la barba roja. No me había percatado.

El padre de Richard no tenía barba. Tenía un delgado bigote del mismo color que su pelo. El bigote del padre de Richard siempre estaba limpio y bien arreglado. Cada dos semanas él y Richard viajaban en automóvil hasta Kleinsteinbach, a la barbería de Gennaro, para que ambos recibieran un corte de pelo y, en el caso de papá, una afeitada que incluía el arreglo de su bigote. Lo primero que hacía el padre de Richard al salir de la barbería era preguntarle a su hijo cómo le había quedado el bigote. Richard siempre respondía de la misma manera: "Fabuloso, papá", aunque el bigote se veía exactamente igual que cuando habían llegado.

Con Benno ocurría lo contrario: su barba era como un animal grande y feroz, independiente de Benno, conformado por un número infinito de vellos, cada uno apuntando hacia donde le daba la gana. La barba tenía dos manchas blancas del lado derecho, algo extraño, ya que Benno no era viejo, y una cicatriz lampiña en el cachete izquierdo. Cuando Richard le preguntó quién le había dejado esa cicatriz, Benno respondió diciendo solamente: "La vida".

Aunque Richard estimaba a Benno, sabía que estaba loco porque había escuchado a sus padres decirlo. El niño espiaba a sus padres mientras ellos discutían sobre si era correcto que Richard pasara tiempo con el hombre barbudo: a mamá no le gustaba que Benno hablara tanto con su hijo cada que venía a vender viejos uniformes.

—Benno es inofensivo —había dicho papá—, y el niño lo aprecia.

—Si fuera inofensivo no lo hubieran despedido de la Universidad de Colonia.

—Ni tú ni yo sabemos a qué se debió el despido.

—Frau Herta dijo que…

—¡Frau Herta es una metiche!

—¡Es tu empleada, Paul!

—¡Y Benno también!

Para Richard, Benno era mucho más que un simple empleado. Llegaba el primer lunes de cada mes, siempre en ropa andrajosa, en un camión de caja abierta con un montón de costales llenos de uniformes de soldados alemanes y franceses muertos en la Gran Guerra. La fábrica de papá convertía el hilo de aquellos uniformes en uno para hacer cobijas y ropa, las que papá luego vendía a diversas tiendas.

—¿La guerra es buena? —Richard le había preguntado a mamá mientras ella le cortaba las uñas del pie.

—¿Quién te metió esa idea en la cabeza?

—Nadie.

—¿Fue Benno el que te lo dijo?

—Si no hubiera ocurrido la Gran Guerra, papá no tendría hilo para fabricar cobijas y ropa.

—La guerra es algo detestable, hijo. Tal vez es *lo más detestable*. Si no hubiera ocurrido la Gran Guerra, papá tendría otro negocio igual de exitoso. Los empresarios, al menos los buenos, encuentran oportunidades donde sea. A eso se dedican.

—¿Papá es un buen empresario?

Richard se alegró al ver a mamá sonreír, pues significaba que su pregunta no había sido demasiado impertinente.

—Papá es un fabuloso empresario —dijo mamá—. Por eso vivimos en este lugar tan hermoso.

Algo en lo que estaban de acuerdo mamá, papá y Benno era que Richard tenía una vida mucho más lujosa que la gran mayoría de los alemanes. Y Richard mismo lo comprobaba cuando iba con papá a Kleinsteinbach. Los muchachos vendiendo periódico en las calles se veían sucios y tristes. En una ocasión, papá y Richard no pudieron entrar a la barbería porque Gennaro estaba dando cortes a precio especial para los desempleados y la fila le daba la vuelta a la esquina. A veces las tiendas estaban vacías debido a la escasez de alimentos.

Benno encendió su pipa y exhaló una nube de humo espeso.

—A mí me encantaría ser pájaro —dijo—. Así podría volar por el mundo con total libertad. ¿Pero tú por qué querrías salir volando de aquí? —agregó admirando la Villa—. Un palacio en medio del bosque. Sí que eres un niño dichoso, Richard.

—*Déjame adivinar. ¿Pforzheim?*

—*¿Disculpe?*

—*Eres de Pforzheim. Al principio me costó trabajo ubicar tu acento, pero ahora lo oigo en la manera en cómo tus vocales…*

—*Tiene usted un buen oído, Herr Doktor.*

—*¿Sabes?, me pudiste haber ganado en la última partida de ayer.*

—*¿Está bromeando? Me tenía acorralado casi desde la apertura.*

—*No, no. Ibas muy bien hasta que lo arruinaste todo con el caballo.*

—*¿Se refiere a cuando…?*

—*¿Qué edad tienes? Yo tenía un sirviente de Pforzheim, de nombre Moritz Abstreiter. Calculo que tendría tu misma edad. ¿Acaso coincidieron?*

—*No lo creo, Herr Doktor.*

—*Olvídalo. Seguramente murió en la guerra.*

1935

Stuttgart, Alemania

Richard siempre elegía primero a Lutz no por sus grandes habilidades atléticas, sino porque el niño era sensible. Tampoco podía decir que Lutz fuera malo para el futbol, pero con tan sólo seis años de edad era todavía muy menudo y le tenía miedo al balón. Pero Richard siempre lo elegía primero aunque esto lo pusiera en desventaja frente a Alfred, quien invariablemente se llevaba a Thomas Fauser.

Previo al inicio del tercer juego de esa tarde, Richard decidió que Eugen von Hassel jugara en la portería, cuyos límites eran una banca de madera y una maceta. En los dos partidos previos Richard había jugado de portero y sus compañeros se habían visto sobrepasados por la mancuerna de Alfred y Thomas, dejando a Richard indefenso ante los constantes disparos de sus adversarios. No volvería a pasar. Alfred Liebster era su gran amigo y un atleta fenomenal, pero Richard jugaba mejor que él. De hecho, era el mejor jugador de todo su colegio. A veces hasta creía que podría ser el mejor jugador de la Liga Regional del Suroeste.

Aquello último era una exageración. Richard nunca se lo hubiera admitido a nadie, pero le quedaba muy claro que el mejor jugador de la LRS era Hans Grubauer, el 10 de Tübingen, un diminuto niño con cara de bebé —el único jugador de su equipo que no había entrado de lleno a la pubertad— que corría como el demonio mismo y siempre tenía una visión clara del campo, así como de los movimientos de todos los jugadores. Cuando Grubauer jugaba, parecía, debido a su coordinación sobrehumana, que el balón estaba pegado a su travieso botín izquierdo. El equipo de Richard, Zentral Gymnasium, había perdido sólo un partido en la temporada y había sido, claro, contra Tübingen, 6-1, con cinco goles de Grubauer. Nunca ningún equipo le había anotado tantos goles.

Richard intentó involucrar a Lutz en el partido, pero aquel día su hermano parecía moverse más lento que de costumbre. Iba trotando por el patio y tan pronto como Richard le pasaba el balón, su hermano de inmediato se deshacía de él como si fuera una papa caliente, a veces pateándolo con tan poco entusiasmo que un jugador contrario lo interceptaba. Perdían 1-0. Poco después ya perdían 2-0.

Cuando el marcador ya era de 3-0, Richard tomó el balón y lo dribló hasta la portería contraria. Nadie se lo esperaba, pues estaban seguros de que se lo pasaría a Lutz. Después Richard golpeó el balón como si su meta fuera destruir la pared de ladrillos del patio de Alfred. El portero ni siquiera intentó parar el disparo: 3-1.

El ambiente se puso tenso, como sucedía a menudo debido a la rivalidad de Alfred y Richard. A veces los ánimos se caldeaban demasiado —con uno acusando al otro de hacer trampa o fanfarronear— y los dos chicos tenían que ser separados por sus amigos o por la señora Liebster para que no llegaran a los golpes. Pero estos conflictos nunca ponían en duda su amistad, la cual atesoraban ambos.

Las cosas se pusieron todavía más tensas cuando Richard anotó el segundo gol y celebró brincando con el puño en alto imitando a Otto Bökle. Por fortuna de todos, comenzó a llover poco después —de repente y de manera intensa— y los diez jugadores tuvieron que refugiarse dentro de la casa, donde la señora Liebster los esperaba con sándwiches de queso con mucho chucrut.

—¿Por qué nunca me invitas a tu casa? —le preguntó Alfred a Richard algunas horas después cuando estudiaban para el examen de historia.

—¿A qué te refieres?

—Pasamos todas las tardes en mi casa, pero yo nunca he pisado la tuya.

—Esta casa es más cómoda.

—¿Cómoda? Lo único que necesitamos para estudiar son dos sillas y una mesa. ¿Acaso tus padres no tienen dos sillas y una mesa?

Como Alfred lo había intuido, el problema eran precisamente los muebles, pero no era la falta de éstos lo que apenaba a Richard.

Todo empezó cuando Benno comenzó a aparecer en la Villa cada dos semanas en lugar de una. Después empezó a ir cada tres semanas. Richard pensó que esto se debía a que tal vez había ofendido de alguna manera a Benno, por lo que ahora cuando llegaba el hombre barbudo Richard ya no discutía con él. Fue hasta entonces cuando se percató de lo mucho que quería a Benno. Aunque trabajaba para papá y aunque mamá decía que estaba loco, lo cierto era que Benno era el mejor amigo de Richard. Nunca hubiera imaginado que un niño podía ser amigo de un adulto.

—Cuando crezca voy a tener una barba como la tuya —le había dicho a Benno tras una ausencia de casi un mes. Era una mentira, claro. Richard sería un caballero de alta sociedad y, a lo mucho, tendría patillas y un bigote tupido como Gennaro, pero quería complacer a su amigo.

—¿Ah, sí?

—Tu barba es hermosa.

Aquí Benno soltó una carcajada.

—¿Qué te sucede, Richard?

—No me sucede nada.

—Cada que venía a la Villa a entregar los uniformes salías corriendo a discutirme. Me discutías de todo: del clima, de los pájaros y los árboles, de la importancia de una buena educación, y eso es lo que más apreciaba de ti. Pero ahora cuando te veo no haces más que resaltar mis cualidades y darme la razón en todo.

—No es cierto —dijo Richard.

—Yo sé que mi barba no es hermosa, compañero. *Tú* sabes que mi barba no es hermosa. ¿Por qué no mejor me dices qué te sucede?

—¿Por qué ya no vienes tan seguido como antes?

Benno, un hombre más alto incluso que papá, se puso de cuclillas para ver a Richard a los ojos.

—¿Crees que he venido menos porque estoy molesto contigo?

Richard encogió los hombros. Quería llorar, pero se aguantó. Eso hacían los hombres.

Benno le explicó que su ausencia no tenía nada que ver con él, sino simplemente con que ya no era tan fácil conseguir los uniformes.

—Ya pasaron varios años desde que terminó la guerra —dijo—. Fue una guerra muy grande que dejó muchos uniformes, pero…

—¿Qué va a pasar con la fábrica cuando se acaben?

—Tu padre encontrará alguna otra fuente de hilo para hacer cobijas y ropa. Nada en esta vida es para siempre, Richard, pero eso no es algo malo y debemos aceptarlo.

Poco tiempo después de esa conversación, Benno desapareció para siempre y sin siquiera despedirse. Eso le dolió al niño, pero le dolió mucho más que Benno le hubiera mentido. Papá no encontró otra fuente de hilo y la fábrica, como lo había pronosticado Richard, cerró. Al principio mamá lo tomó muy bien. Se veía contenta, consolaba a su hijo diciéndole que papá era un gran empresario y todo saldría bien. Pero gradualmente las peleas entre sus padres se volvieron más frecuentes.

—¡Cuántas veces tengo que decirte que aquí no hay oportunidades! —gritó papá en una de las tantas peleas que Richard escuchaba desde su recámara—. No sé si te has percatado de que vivimos en medio del maldito bosque. ¡Aquí no hay ni un carajo!

—¿Cómo puedes decir eso? ¡Aquí está nuestro hogar! ¡Aquí nació nuestro hijo y aquí nacerá nuestra hija!

Ésa era otra noticia de aquellos tiempos turbulentos: mamá estaba embarazada y, aunque nadie podía saber el sexo del bebé, mamá decía no tener duda alguna de que sería mujer. Incluso, a pesar de que su abdomen seguía plano, ya tenía un nombre para la futura hermanita de Richard. Se llamaría Carolin. Carolin y Richard, Richard y Carolin. A mamá le encantaba cómo se oían esos nombres juntos. *¿Verdad que cuidarás muy bien de Carolin, Richard?*

Los Pick se mudaron a Karlsruhe, una ciudad de tamaño mediano en la región de Baden. Poco después de la mudanza nació el hermano de Richard, a quien nombraron Lutz.

Papá siempre le habló a Richard de la mudanza como algo positivo. Ahora que tenía edad de ir al colegio, lo haría en una ciudad más grande y con mejor oferta educativa. Ésa era razón suficiente para que la familia se asentara en Karlsruhe, agregó. Además, ¡esta nueva ciudad era tan pero tan vieja que hacía mucho la habían habitado los antiguos romanos! (A papá le apasionaba hablar de los antiguos romanos).

Durante las semanas previas a la mudanza, mamá no hablaba de otra cosa que los muebles. ¿Qué pasaría con las cómodas de roble? ¿Cómo transportarían las estanterías talladas a mano? Paul no pensaba dejar atrás a ninguno de los otomanos, ¿verdad? ¿Qué sucedería con los cofres de corazón púrpura que heredó de su abuela? ¿Y la credencia de Dalbergia hecha en Viena? ¡Ni qué decir del armario de madera frutal! Si Paul creía que ella abandonaría su mesa de palisandro o su aparador de caoba francesa, ¡pues entonces estaba incluso más loco que Benno!

Pero Benno no estaba tan loco. Lo que había dicho el hombre barbón era cierto: nadie en su sano juicio hubiera querido abandonar un lugar como la Villa Hammerschmiede, ni siquiera para convertirse en pájaro, en un pato mandarín, por ejemplo, que era naranja y azul con tonos morados y un largo pico, con ojos pensativos y la libertad de volar a donde le diera la gana. Nada, ni siquiera el mismo Imperio romano, se comparaba con la Villa y, aunque se lo habían recordado tantas veces, Richard no lo entendió hasta que era demasiado tarde, hasta que perdió su hogar para siempre.

La nueva casa en Karlsruhe le aterraba. Perdió su habilidad para aguantarse las lágrimas y, durante esas primeras noches allí, sollozaba abiertamente frente a sus padres. Les explicaba que había escuchado ruidos. Había fantasmas en la nueva casa. Los fantasmas estaban furiosos de que los Pick hubieran invadido su hogar. Según mamá, el problema eran los muebles o, más bien, la falta de ellos. Por lo pronto tenían únicamente lo más básico —camas, una mesa de comedor y un par de sofás—, pero cuando llegaran el resto de las piezas —*todas* las piezas, tal y como lo había prometido papá—, Richard se sentiría en casa y estaría otra vez feliz.

Los muebles fueron llegando gradualmente, pero Richard seguía odiando su nueva casa. Era demasiado vieja y oscura. ¿Por qué su recámara tenía que estar al final de un largo pasillo en lugar de en medio de la casa, como en la Villa, donde su ventana daba a los verdes jardines? Luego, cuando mamá dio a luz, Richard tuvo que volver a aprender a aguantarse las lágrimas. Papá tenía razón, los hermanos mayores no lloraban. Lutz admiraría a Richard y éste tenía que poner el ejemplo.

Mamá decía que no le importaba haber tenido un niño en lugar de una niña, pero Richard podía ver que estaba triste. O tal vez seguía triste por haber dejado la Villa.

—¿Mamá está triste? —le preguntó a su padre.

—Mamá está muy contenta, hijo. Los quiere mucho a ti y a tu hermanito.

Y poco a poco las cosas volvieron a la normalidad. A Richard le gustaba ir al colegio. En las tardes jugaba futbol en el parque con los niños de su barrio, todos mayores que él. Volvía a casa al anochecer, se bañaba, cenaba y se acostaba a dormir. La vida se estabilizó en Karlsruhe. Papá pasaba mucho tiempo con Richard porque, en lugar de tener un trabajo normal que le demandara largas horas, había decidido invertir en futuros. Los futuros, le había explicado papá, eran apuestas sobre lo que costaría algo en el futuro. Papá había apostado en el algodón. Entre más subiera el precio del algodón, más dinero recibiría papá por su inversión. Pero el algodón, una vez más, le jugó chueco a papá; sus precios se desplomaron.

—La única mudanza que haré será de vuelta a la Villa —exclamó mamá una noche.

Su voz había viajado fácilmente a través de las delgadas paredes desde la recámara principal hasta el cuarto del bebé, donde Richard practicaba su caligrafía con un grueso lápiz que le provocaba comezón en las manos. Frau Medick había humillado a Richard frente a toda la clase al decir que su letra descuidada le daba asco, así que el niño se prometió a sí mismo tener la letra más bonita de su clase antes de que finalizara el año escolar. Pasaba horas al día practicando su caligrafía en el cuarto de su hermano. Pero Frau Medick nunca admiraría la buena letra de Richard, pues tan sólo algunas semanas después de aquel doloroso comentario, la familia se fue a Stuttgart.

Papá eligió aquella ciudad industrial como un intento de apaciguar a su esposa. Stuttgart era la ciudad natal de mamá, donde vivía su madre. Para mamá, Stuttgart era el centro del mundo civilizado, una metrópolis a la par de París, Nueva York y Tokio.

Entendiendo que la afición a un equipo local era una buena manera de integración, papá llevó a Richard a un partido del VfB Stuttgart. El plan funcionó de maravilla. Tras la contundente victoria de los locales, 5-1 sobre Hanau, Richard se enamoró de su nuevo equipo y, en especial, de su despiadado centro delantero, Otto Bökle.

—Yo quiero ser centro delantero —le dijo Richard a su padre aquel día al salir del estadio.

El proceso de aclimatación avanzó aún más cuando el niño entró al colegio. Richard era un buen alumno, además de ser guapo y extrovertido, así que no tuvo mayor problema encajando con sus nuevos compañeros. Fue en el colegio donde Richard conoció a Alfred Liebster, un niño inteligente y entusiasta. A Alfred le apasionaba la historia casi tanto como a Richard y también estaba en el equipo de futbol, jugaba de lateral derecho. Como si eso fuera poco, el padre de Alfred era judío y, aunque Alfred no lo era, sí le permitía ser una suerte de puente entre Richard y el mundo mayoritariamente cristiano de Stuttgart.

La que, sorprendentemente, no lograba adaptarse era mamá. Aunque adoraba su ciudad, le angustiaba mucho la caída socioeconómica de la familia. No hacía mucho tiempo que los Pick vivían en el lugar más bello que uno podría imaginar, en una mansión rodeada de árboles, y ahora... ¿esto? Nunca le habían importado demasiado el dinero, las posesiones o el estrato social, pero era porque siempre había estado muy cómoda en esas tres áreas. El otro problema de mamá era la soledad. La había invadido la melancolía y pasaba demasiado tiempo, esto según papá, en casa de la abuela. A veces se llevaba a Lutz y los dos se quedaban allí varios días.

—¿Por qué pasas tanto tiempo en casa de Oma? —le preguntó Richard un día que mamá volvió a casa después de una larga semana en casa de la abuela.

Mamá le respondió que necesitaba ayuda con el bebé.

—Papá y yo te podemos ayudar.

Mamá se pellizcó la nariz, algo que hacía siempre que se sentía abrumada.

—No es fácil estar aquí sola con tu hermano todo el día.

Papá había comprado una mercería, Könige Kurzwaren, en el pequeño pueblo de Backnang. Él se iba de casa temprano por la mañana de lunes a sábado y no volvía hasta la hora de la cena, a veces después. Richard, mientras tanto, pasaba sus días en el colegio y en casa de Alfred.

—Necesito que alguien me haga compañía, Richard.

—Yo te haré compañía —ofreció su hijo—. Vendré corriendo después del futbol.

Mamá rio, pero también soltó un par de lágrimas.

—Tú eres un niño y tienes que hacer cosas de niño. No tienes por qué preocuparte de tu pobre madre.

—Pero te trajiste todos los muebles. ¿Cómo es que nunca estás en casa si le rogaste a papá que te dejara traer los muebles?

El problema con que Alfred visitara la casa Pick no era la falta de muebles, sino el exceso de ellos. Tras días y noches de fuertes discusiones en Karlsruhe, mamá había aceptado deshacerse sólo de una pequeña parte de sus muebles. A causa de ello, el departamento parecía una tienda de antigüedades y no un hogar. Había tantos muebles que a Richard se le dificultaba transitar de un cuarto al otro, se la pasaba esquivando grandes objetos de madera con los que a menudo se golpeaba los pies, la cadera y las espinillas.

Su hogar le avergonzaba y, al igual que su madre, Richard se había encontrado una segunda casa, la de Alfred.

Aunque era todavía un niño, ya la vida le había dejado muy claro a Richard que los planes rectos que hacen las personas para su futuro siempre se encorvan. Mamá había planeado tener una niña, Carolin, a la que incluso le había tejido botines rosas con una gorra a juego, y ahora tenía a Lutz. Su padre había planeado recuperar su dinero comprando algodón para después venderlo, pero el precio del algodón cayó. El maravilloso partido de Otto Bökle contra el FC Hanau 93 había sido una señal divina de que Richard estaba destinado a ser un delantero estrella, pero ahora que jugaba contra Bad Cannstatt vestía el jersey negro de portero.

Sin duda la culpa recaía en él. Durante el primer partido de Richard como centro delantero de su nuevo colegio, el portero titular, Jürgen Angerer, se había roto el dedo índice de la mano derecha y su sustituto, Elisha Baumann, uno de los pocos judíos que Richard conocía en Stuttgart, se había quedado en casa por una enfermedad respiratoria. Richard ni lo dudó antes de decirle al profesor Popp que él podría jugar bajo los tres palos. Desde su llegada al equipo, durante los entrenamientos, Richard había notado que Jürgen era un portero mediocre, lento y pusilánime. No compartió esta opinión con nadie más que con Alfred, quien estuvo de acuerdo con que la portería era el talón de Aquiles del equipo.

Lo que Richard no le había confesado a su amigo, por miedo a verse demasiado soberbio, era que estaba seguro de que él podría ser mejor portero que Jürgen y Elisha juntos, aunque nada más hubiera jugado esa posición unas pocas veces en el patio de Alfred.

Sin otra opción, con su equipo ganándole a Leonberg por un gol, el profesor Popp no tuvo de otra más que lanzarle a Richard el jersey de cuello alto de Jürgen. La prenda, empapada, apestaba a Jürgen, quien no era precisamente reconocido por sus buenas prácticas de higiene.

Richard jugó el mejor partido de su vida, en cualquier posición, parando todos los tiros de Leonberg, incluyendo un penalti casi al terminar los noventa minutos. El profesor Popp, un señor regordete con el ceño permanentemente fruncido, por poco y sonríe al darle la mano a Richard.

—Felicidades —le dijo Popp—, eres el nuevo portero titular.

—¿Hasta que vuelva Jürgen? —preguntó Richard.

—Hasta que ganemos el campeonato.

Richard no le discutió porque nadie discutía con el profesor Popp, pero estaba desconsolado. ¿Dónde quedaban entonces sus sueños de sustituir a Otto Bökle en el VfB Stuttgart?

Un mes más tarde, sin embargo, en su cuarto partido como guardameta titular, Richard ya comenzaba a enamorarse de su nueva posición. Él era un compañero de equipo entusiasta, pero también era un niño que a menudo se sentía solo, en una isla, y ser portero era un poco como estar solo en una isla. Además, él se crecía con el peso de las grandes responsabilidades y nadie tenía más responsabilidad que el último jugador antes de la portería. El partido contra Bad Cannstatt fue relativamente fácil, con los chicos stuttgartenses sacando una cómoda victoria, pero el siguiente era contra el temible Tübingen de Hans Grubauer. En el autobús de vuelta al colegio, Richard y sus compañeros no podían dejar de hablar de Tübingen y de cómo neutralizarían a Grubauer.

Al volver a la ciudad, Alfred invitó a Richard a comer a su casa, pero era sábado y los sábados se comía en casa de Oma.

—¡Anda, vamos, a la tina! —dijo su abuela al abrir la puerta principal—. ¡Todo ese futbol te ha dejado oliendo a cabra descarriada!

—Sí, Oma —respondió Richard tras darle un abrazo.

—¿Al menos ganaron? —le gritó mientras él subía los escalones de madera.

—¡Siempre ganamos! —respondió el niño.

Richard abrió el agua fría porque Oma le había dicho que el frío apresuraba la recuperación de los músculos. Ella siempre se bañaba con agua helada, excepto en los peores días de invierno. Mientras se llenaba la bañera, Richard, desnudo, se quedó parado en el azulejo del baño mirando a través de la ventana a la plaza principal y, al otro lado, al majestuoso Rathaus. Richard había visitado el Rathaus, construido en 1456, con su colegio, y todo lo que les había dicho la guía sobre la remodelación renacentista en 1500, por ejemplo, o la gótica en 1900 realizada por dos famosos arquitectos de Berlín, él lo había aprendido ya de Oma.

Desde el baño, con los pies entumecidos por el mosaico helado, Richard se quedó mirando la torre de setenta metros del Rathaus. ¿Cuál de todas esas ventanas daba a la oficina del alcalde? ¿Qué era exactamente lo que hacía un alcalde? ¿Y si Richard llegara un día a ser el alcalde de Stuttgart? Fue entonces cuando se dio cuenta de que se había enamorado de aquella ciudad. Ya fuera como centro delantero del VfB Stuttgart, como alcalde o como un hombre de negocios, o tal vez siendo profesor en la Universität, Richard tenía muy claro que pasaría el resto de su vida allí. Ésa fue su promesa a sí mismo aquella tarde sentado en la bañera helada con el Rathaus como único testigo.

Se despertó de esas fantasías con los gritos emocionados de Oma saludando a sus padres y a Lutz. Lutz era un gran aficionado a la música, por lo que Oma, una talentosa cantante y acordeonista, a menudo le daba la bienvenida con alguna canción popular. Esa mañana tocó "Ahora vienen los días divertidos" acompañada por los aplausos de mamá.

Richard se apresuró a vestirse con la muda limpia que guardaba en casa de Oma y bajó deprisa para contarles a sus padres y a Lutz sobre la victoria contra Bad Cannstatt.

—Todo eso me parece excelente, hijo —dijo papá tras encender un cigarrillo—, pero me comenta Thomas, el carnicero, que el siguiente partido es contra Tübingen.

—Y a ellos también les ganarán —dijo mamá.

Papá reviró:

—Según Thomas, tienen a un chico muy talentoso.

—Grubauer —murmuró Richard.

—Ningún chico de Tübingen juega mejor que mi Richard —dijo Oma.

Después tocó un par de canciones típicas de Volksfest y la familia se sentó a comer un delicioso jamón de pierna.

—¿Por qué comemos jamón? —preguntó Lutz mientras se devoraba todo lo que había en su plato.

—Porque es delicioso —respondió Oma.

—Elisha dice que los judíos no debemos comer jamón —agregó Lutz con la boca llena de comida—. Dice que está prohibido.

Papá rio.

—Pues dile a Elisha que no sólo somos judíos, también somos alemanes. Los alemanes comen jamón porque es delicioso.

—Hay quienes no estarían de acuerdo con eso —dijo mamá.

—¿Con que el jamón es delicioso? —preguntó Lutz.

—No, querido, me refiero a que no todos están de acuerdo con que nosotros somos alemanes.

El comentario de mamá dejó perplejo a Lutz.

—Por favor, Emma —dijo papá—, no empieces otra vez con esas cosas.

—Es la verdad. El señor ése se la pasa gritándolo a los cuatro vientos.

Quedaba claro que al decir "el señor ése", mamá se refería al canciller Adolf Hitler. A Richard no le interesaba mucho la política, pero los rumores de que Hitler odiaba a los judíos estaban por todas partes. La primera vez que había escuchado la estúpida idea de que los judíos no eran verdaderos alemanes fue un día que se encontró con Jürgen Angerer en el baño del colegio, a los pocos días de que

Angerer hubiera renunciado al equipo de futbol debido a la nueva titularidad de Richard.

—¿A qué equipo apoyarás en el mundial? — le había preguntado Jürgen.

Richard confesó no entender la pregunta. Se conocía de memoria toda la alineación alemana, desde Hans Jakob hasta Fritz Szepan, y cuando jugaban, Richard siempre le arrebataba el periódico a papá en las mañanas para ver cómo les había ido.

Angerer sonrió.

—Eres judío, Richard. No tienes nacionalidad. ¿A qué equipo apoya alguien sin afiliación nacional?

—Soy tan alemán como tú. Mis padres nacieron aquí y mis abuelos también.

—No importa dónde nació tu familia. Los judíos simple y sencillamente no pueden ser alemanes. Es una cuestión de sangre.

Más que enojo, Richard sintió confusión.

—Markus Weber es judío y juega para la selección alemana.

—Tu padre es empresario, ¿cierto?

—Tiene un negocio, al igual que tu padre tenía una zapatería antes de que quebrara.

De inmediato se arrepintió de haber dicho tal insulto. Algunos días antes, intentando calmar la culpa de Richard por quitarle el puesto a Jürgen, Alfred le había explicado que el chico se veía siempre triste no por haber perdido su lugar en el equipo, sino porque el señor Angerer había tenido que cerrar su tienda.

—Mi padre es el mejor zapatero de Stuttgart —dijo un Jürgen enfurecido—. Si cerró su tienda fue porque un zapatero judío le robó a los clientes. Seguro que tu padre hará lo mismo con los suyos.

Ahora Richard se arrepentía de no haber sido aún más despiadado. ¿Cómo se atrevía a hablar así de papá? Nada le hubiera gustado más en ese momento que golpear a Jürgen en la quijada. Si no lo hizo fue por respeto a Oma. ¿Qué pensaría de él su abuela si Richard insultara y golpeara a un compañero del colegio? Oma era, ante todo, una mujer pacifista. La única frase que Richard le había oído citar de la Torá era "Apartaos del mal, y haced el bien; busca la paz y síguela". Para Oma, ése era todo el texto bíblico que se necesitaba.

—Mi padre es un hombre honesto y trabajador.

—Eres necio, como todos los judíos.

Así que cuando escuchaba a mamá quejarse de que este país había perdido la cordura, de que la gente se dejaba engañar por los más ridículos mitos sobre los judíos y el judaísmo, Richard sabía perfectamente bien a qué se refería.

—La república pasa por momentos complicados —dijo Oma—, y cuando las cosas están mal, el pueblo siempre busca culpar a alguien. Ya pasará.

Lo que más preocupó a Richard fue que podía ver en los ojos de su abuela que ni siquiera ella creía lo que estaba diciendo. ¿Qué tan mal tenían que estar las cosas para que Oma mintiera? ¿Cuán grave era el peligro en el que estaban los judíos si hasta Oma, quien se había sacrificado como enfermera voluntaria en la Gran Guerra, tenía miedo?

—Lo único que estoy diciendo —aclaró mamá—, es que nunca se me había tratado tan mal en mi propio país como se me ha tratado últimamente. La gente dice unas cosas… Ayer estaba en una tienda y…

—Emma, basta —dijo papá—. No es el momento.

—¿Y cuándo lo será, Paul?

—Estamos en *sabbat*. Quiero disfrutar del almuerzo con mis hijos. Mejor cuéntanos de ese juego contra Tübingen, Richard. ¿Es la semana siguiente?

Oma le sonrió a su nieto:

—¿Jugarán de locales?

Pero Richard ya no tenía ganas de hablar del juego. Quería desaparecer y borrar los últimos cinco minutos de su memoria. *Hitler*. Ese maldito nombre le llegaba como un golpe en la nuca.

—El juego es en dos semanas.

—Oma te preguntó si serán locales —dijo papá.

36

Mamá se mantenía en silencio, pero no había duda de que estaba furiosa con su esposo.

—Lo siento, Oma. Sí, jugaremos de locales.

Esa noche, mientras Richard intentaba conciliar el sueño, comenzó a escuchar los sollozos de su hermano. Había intentado convencer al pequeño Lutz de que no había de qué preocuparse, pero, al igual que Oma, había mentido.

Bendito el futbol. Durante las siguientes dos semanas Richard estaba tan enfocado en prepararse para Tübingen, que ni tiempo tuvo de pensar en aquella tensa conversación. Claro, aunque a veces algo se lo recordaba, como cuando notaba que sus padres apenas si hablaban o que mamá rara vez comía con la familia, pero Richard hacía lo posible por poner esos pensamientos a un lado y concentrarse en el partido.

Y no sólo era Richard el que estaba entusiasmado por el juego, sino todo el equipo, todo el colegio, ¡toda la ciudad! Incluso Herr Schröder, quien nunca hablaba con sus alumnos fuera del salón de clases, había abordado a Richard y Alfred en el patio para asegurarse de que el equipo tomaba el partido con la suficiente seriedad.

—Tengo entendido que algunos porteros profesionales ahora utilizan guantes de lana durante los partidos para proteger sus manos —le había dicho a Richard— ¿Estarías interesado en que mi esposa te tejiera unos?

—Gracias, Herr Schröder. Prefiero apegarme a lo que ha funcionado hasta ahora.

El maestro le dio un par de golpes a su pipa y se marchó sin decir más.

—¿Herr Schröder te acaba de ofrecer un par de guantes tejidos por su esposa? —preguntó Alfred incrédulo.

Ambos comenzaron a reír.

El ambiente se tornó tan intenso en los momentos previos al partido, que Richard tuvo que concentrarse en su respiración mientras el profesor Popp repasaba la estrategia. Las humildes gradas de madera de cinco niveles en el extremo opuesto del campo estaban llenas a tope y el resto del perímetro lo ocupaban espectadores de pie. Los padres de Richard habían llegado temprano con Lutz, por lo que pudieron conseguir un lugar en las gradas. Oma se perdería el encuentro debido a un fuerte dolor de rodillas.

Grubauer apareció con el balón en medio del campo, se veía hasta más delgado de como Richard lo recordaba. Su pelo castaño estaba partido hacia el lado derecho y sus botines brillaban como si fueran nuevos. (Los botines de Richard estaban rotos y le quedaban chicos). A la estrella de Tübingen no le tomó mucho tiempo anotar el primer gol. Lo hizo a los doce minutos de iniciado el encuentro, burlándose a un mediocampista, a un defensor central y después a Alfred, antes de fintar que tiraría al lado derecho de Richard para luego meter la pelota en el ángulo opuesto. Richard de inmediato dirigió la mirada a sus padres, quienes mantuvieron sus rostros impasibles. ¿Por qué los había invitado al partido? Ya había sido humillante perder 6-1 en Tübingen, donde nadie lo conocía, pero el darse cuenta de que ahora la humillación tendría lugar frente, no sólo a su familia, sino a sus compañeros de clase, al carnicero, al peluquero y todos los demás, le provocó náuseas.

Casi inmediatamente después del gol, Richard paró dos cañonazos, uno de ellos de Grubauer, que le hicieron arrepentirse por rechazar la oferta de Herr Schröder. Pero al asentarse un poco la escuadra de Zentral Gymnasium, las cosas se calmaron levemente y hacia el final del primer tiempo ocurrió un milagro: Thomas Fauser anotó de cabeza en un tiro de esquina. Los aficionados no ocultaron su entusiasmo.

Durante el medio tiempo, el profesor Popp sentó a los jugadores en la banca. Dijo que no habría cambio de estrategia, todo seguiría como lo habían planeado.

—Vamos a ganar —le dijo Richard a Alfred, quien estaba sentado junto a él.

—Grubauer es un monstruo —respondió su amigo, agotado.

Fue entonces cuando una voz femenina detrás de los niños preguntó cómo iba el marcador.

—Uno por uno —le respondió alguien.

—¿A favor de quién? —preguntó la jovencita, provocando la risa de todos los presentes.

Richard volvió la mirada para ver quién había dicho semejante tontería. La chica resultó ser una verdadera belleza: alta, delgada y elegante. Ciertamente ella no estudiaba en el Zentral Gymnasium, pues de haberla visto antes, Richard sin duda la recordaría. Le preguntó a Alfred quién era.

—Creo que es amiga de mi prima, la que estudia en Santa Matilde.

Y antes de que Richard le pudiera preguntar a Alfred por el nombre de aquella belleza, el árbitro tocó su silbato para empezar la segunda mitad.

Richard corrió a su portería. Cuando miró hacia la banca, la misteriosa chica había desaparecido. ¿Qué era esto que sentía en su estómago? Claro que para ese entonces ya le habían gustado varias niñas, pero esto era diferente. ¡Y ni siquiera sabía su nombre! Probablemente nunca la volvería a ver en su vida.

Si en la primera mitad el Zentral Gymnasium había tenido problemas conteniendo el ataque de Tübingen, en la segunda, sus defensores, agotados, daban lástima. Aplaudiendo con sus manos amoratadas en un intento por animar a Alfred y sus demás compañeros, Richard estaba consciente de que si no tenía una segunda mitad perfecta, si no jugaba mejor que nunca, el partido sería un desastre. Todo dependía de él y esto le emocionó.

Después de que Richard detuvo un remate que parecía imparable, Lutz se levantó de su asiento y gritó:

—¡Ése es mi hermano! —lo cual provocó las risas y aplausos de los presentes. Richard le sonrió a su hermano antes de lanzar la pelota lo más lejos que pudo.

Y eso era tan sólo el comienzo. Richard paró un segundo disparo, después le quitó la pelota a Grubauer cuando éste se dirigía libre hacia el arco, después detuvo un tiro directo… Eventualmente perdió la cuenta de cuántos goles había prevenido.

Pero después… ¡Zentral Gymnasium anotó otro tanto! Christian Hauke, tras recibir un pase de su hermano, había tirado un cañonazo desde fuera del área y, tras unos afortunados rebotes, la pelota entró al arco. Richard corrió directo hasta donde estaba el profesor Popp a preguntarle cuánto tiempo quedaba en el partido.

El entrenador le echó un vistazo a su reloj de bolsillo:

—No falta mucho, hijo.

Cuando se escuchó el silbato final, Alfred atacó a Richard con un gran abrazo que dejó a ambos en el césped.

—¡Esta victoria es tuya! —le dijo Alfred mientras los demás jugadores se unían a su celebración—. ¡Le ganaste a Tübingen! Carajo, ¡le ganaste a Grubauer!

Los jugadores formaron un círculo, brincando y aplaudiendo hasta que llegó el profesor Popp a calmarlos, pues debían ir a darles la mano a sus contrincantes. El profesor Popp siempre les exigía que se comportaran como caballeros.

¿Y la chica? Richard la buscó por todas partes. Todo mundo llegaba a felicitarlo, el rector del colegio, sus vecinos, los Liebster, Herr Schröder con su esposa, pero la chica se había esfumado. Qué cosa tan extraña. ¿Había ido al colegio tan sólo a preguntar el marcador de un partido que ni siquiera le interesaba?

Grubauer se acercó a darle la mano a Richard:

—Nos vemos en el campeonato —le dijo su rival.

—Hasta entonces, Hans.

Ahora que le habían ganado a Tübingen, Richard no tenía duda que llegarían a la final. En cuanto a si podrían ganarle una segunda vez a Grubauer… ése era otro tema.

Mamá le dio un gran abrazo.

—Vaya partido que diste —dijo papá con la pipa en la boca.

Lutz agregó que cuando creciera también quería jugar en el equipo del colegio. Richard aprovechó que Alfred pasaba cerca de él y lo tomó de la camisa.

—¿Dónde está esa chica?

Alfred no tenía idea de qué le estaba hablando.

—¡La que preguntó por el marcador! ¡La amiga de tu prima!

—Ah. Creo que todas ellas están por aquella portería.

¡Sí! Allí estaban: un círculo de chicas en lindos vestidos y boinas —*ella* entre todas— platicando lejos del barullo, ignorándolo por completo. Richard se relamió el pelo con ambas manos, se secó el sudor del rostro con la manga de su jersey y se dirigió a la portería. Las saludó sonriente y ellas rieron. Se sintió como un idiota. ¿Ahora qué? No había pensado en qué les diría. Afortunadamente, entre las niñas estaba Nina Brunner, cuyo padre, un respetado médico, era amigo de su padre.

—¿Qué tal el partido? —le preguntó a Nina.

Las niñas volvieron a reír.

—Juegas muy bien —dijo Nina—. Recuerda que no nos conformaremos con nada menos que el trofeo de campeones.

Se dio cuenta de que ahora parecía que Richard había ido a coquetear con Nina y no con la niña misteriosa. Entró en pánico.

—Bueno —dijo titubeando—, me tengo que ir.

Ahora, mientras Richard volvía a la celebración, las chicas no reían, se carcajeaban.

Alfred le hizo el favor de averiguar el nombre: Lore Steiner. También era judía y vivía con su familia en uno de los edificios frente al parque Dürer. Le tomó a Richard una semana armarse de valor para ir a tocar la puerta de los Steiner. Le abrió la señora, una mujer esbelta de rostro preocupado.

—¿Y tú quién eres? —le preguntó con más curiosidad que molestia.

—Mucho gusto, señora Steiner. Vengo a ver a Lore.

Richard sentía como si de repente se le hubieran congelado la cabeza y las manos.

—Qué raro. No me mencionó que estuviera esperando visitas.

—Es que ella no sabe que yo iba a venir.

—Perdón, ¿de dónde se conocen?

—Vino a un partido de futbol de mi colegio. Yo soy el portero. Ganamos.

Frau Steiner ahora se veía más confundida.

—Espera un momento, hijo.

Lo que quería Richard era irse corriendo de allí lo más rápido posible. Había quedado como un tonto frente a la madre de Lore. Esperó allí parado un momento y, cuando la puerta volvió a abrirse, apareció Lore, tal vez hasta más confundida que su madre.

—Hola —dijo Richard—. ¿Te acuerdas de mí?

—Claro —dijo Lore mientras un tenue color rosa invadía su cara—. Eres el portero.

—¿Cómo has estado?

—¿Qué hace el portero en mi casa? ¿Cómo sabe el portero dónde vivo? Creo que al conocernos ni siquiera me preguntaste mi nombre.

—El mío es Richard.

—Mucho gusto, Richard.

Ahora venía lo más difícil.

—Sólo quería saber si te interesaría ir al cine este viernes.

Richard sintió náuseas.

—¿El viernes? —preguntó ella—. ¿O sea que mañana?

—Mañana. Sí. Podríamos ver *Última parada* de Paul Hörbiger. ¿Lo conoces?

—¿A Hörbiger? Claro. Reí hasta las lágrimas con *Desfile de primavera*.

Lore parecía haberse calmado un poco.

—Dice mi amigo Alfred que *Última parada* es aún mejor.

¿Cómo era que una niña podía ser tan hermosa? Richard quería abrazarla y besarla como Hörbiger a Franciska Haller al final de *El idiota*.

42

—¿Entonces nos vemos mañana?

—Me encantaría —dijo Lore. Pero luego se volvió a tensar mirando sus brillantes zapatos de charol.

—¿Qué pasa? —preguntó Richard.

—No sé si puedo.

—¿Tienes otros planes para el viernes? No hay cuidado. Podemos ir el sábado.

El sábado… No. Tampoco.

—¿Acaso dije algo para ofenderte?

Lore seguía sin subir la mirada.

—¿Y Nina?

—¿Nina?

—Nina Brunner.

—¿Qué tiene que ver ella con esto?

—Parecían ser muy buenos amigos cuando los vi en el partido.

—No. Digo, claro que la conozco. Y sí, somos amigos. Pero nada más.

—¿Entonces por qué la estuviste buscando después del partido?

Era una linda niña judía y además tenía buenos modales. Parecía demasiado perfecta para ser real.

—No la estaba buscando a ella, Lore. —No había otra alternativa que lanzarse al ruedo de una vez por todas—. Te estaba buscando a ti. Sólo saludé a Nina porque me daba vergüenza hablar contigo.

Lore meditó un momento. Parecía intentar ocultar su felicidad.

—Pues no estaría mal ver *Última parada*. Tal vez después podríamos pasar al Café Kuppel.

Sintió que volaba en su camino de vuelta a casa. Nada se comparaba a este sentimiento, ni siquiera ganarle a Tübingen. Esto era distinto. Su padre le había dicho que el amor a primera vista era un invento de los poetas, pero entonces ¿cómo llamarle a esto?

Tenía demasiada energía para ir a encerrarse en su casa, así que Richard cambió su ruta y se dirigió a casa de Alfred para informarle de la buena noticia. Tal vez él por fin se animaría a invitar a salir a Kathrin Gerhardt.

Le abrió la puerta Frau Liebster, quien sostenía un trapo en su mano derecha.

—Buenas tardes.

—Vaya que si te ves contento, niño.

—Disculpe por interrumpir su limpieza, señora. Sólo pasaba a ver a Alfred un momento. Necesito decirle algo.

—Lo siento, querido, pero Alfred no está.

—¿Se fue con Herr Liebster?

Al decir eso, Richard advirtió que el padre de Alfred estaba sentado en uno de los balcones de la casa, fumando un puro. Herr Liebster había estado observando a Richard, pero en cuanto éste lo miró, el señor desvió la mirada. ¿Qué hacía un hombre en bata a esta hora?

—Le diré a Alfred que viniste.

¿Alfred estaba metido en un lío? Frau Liebster se lo hubiera mencionado, ¿no? Todo era muy extraño.

Sin querer entrometerse, Richard se despidió y se fue. Pero sí, algo andaba mal. ¿Qué podía andar mal si le habían ganado a Tübingen? ¿Qué podía andar mal si Richard estaba enamorado? (Sí, ¡enamorado!). En este mundo perfecto ¿acaso algo podía salir mal?

A la mañana siguiente, mientras Richard y Lutz se preparaban para ir al colegio, papá irrumpió en la habitación. ¿Qué hacía él en casa si siempre salía temprano para Backnang?

—¿Y la tienda? —le preguntó Richard.

—Tienen el día libre, niños.

Lutz miró a su hermano mayor como esperando una explicación.

—¿Y el colegio? —preguntó Richard.

—Vendrán conmigo a Backnang.

Esto sí que no tenía sentido.

—¿Y el colegio? —repitió.

—Vístanse y los veo afuera.

Richard caminó a la Estación Central en un estado de total confusión. ¡Papá no les dejaba faltar a clases ni cuando estaban enfermos! Y ahora, de la nada, ¿tenían el día libre? Lutz tomó a Richard de la mano, algo que no había hecho en varios años.

Aguardando la llegada del tren, Richard estaba ansioso por preguntarle a su padre qué demonios había pasado, pero el hombre, como la señora Liebster el día anterior, no se veía con muchas ganas de dar explicaciones. ¿Tenía esto algo que ver con la ausencia de ayer de Alfred? ¿Cuánto se perdería Richard de la clase de Herr Schröder? Habían estado aprendiendo sobre la civilización etrusca. Después venían los romanos, un tema que prometía ser aún más interesante. En esto pensaba Richard cuando se le hizo un gran nudo en el estómago… ¡Lore! ¡Le había prometido estar en la puerta de su casa a las cinco en punto! Pero su padre no volvía a Stuttgart hasta las seis o más tarde.

—¿Papá? —dijo Richard, incapaz de morderse la lengua un segundo más.

—Ahora no, hijo.

—¡Qué horas son éstas de llegar! —exclamó una anciana al ver que papá se acercaba.

Él la ignoró y abrió la tienda.

—Necesito arreglar el vestido de mi hija —dijo la señora—. Tiene un evento hoy. ¿Dónde más voy a encontrar buenos botones en este pueblo?

—Aquí le damos sus botones, señora, no se preocupe.

Aunque Lutz pronto pareció olvidar lo extraño de la situación, Richard se ponía más y más nervioso mientras, lentamente, pasaban los minutos. A las diez le dolió pensar que se estaba perdiendo el inicio de la clase de Herr Schröder; a las doce y media, mientras comía una salchicha que le llevó su padre, imaginaba cómo Alfred, los hermanos Hauke y el resto de sus compañeros jugaban futbol en el patio; después, pasadas las tres, casi podía oír a Frau Oppermann caminar por los pasillos del colegio tocando la campanilla que marcaba el fin de la jornada escolar.

—¿Podrías decirme qué sucede? —le dijo Richard finalmente a su padre después de la comida, aprovechando que Lutz había salido a comprar un chocolate.

—¿Qué sucede con qué?

—Puede que mi hermano siga siendo un niño, pero yo ya soy lo suficientemente grande para que me digas por qué no pudimos ir al colegio.

—Sólo es un día, hijo. No pasa nada.

—Quiero que me digas.

Abatido, papá sacó un periódico de su maletín y lo puso sobre el mostrador de vidrio.

Leyes de Núremberg en marcha, decía la primera plana de *Der Tag*.

Richard comenzó a leer el artículo, pero era demasiada información, demasiadas palabras que no entendía. Además, su corazón latía tan fuerte que no se podía concentrar.

—¿Qué es?

—Una mala noticia —dijo papá—. Una muy mala noticia.

—¿Qué tan mala?

—Nos excluye a los judíos de la vida normal en Alemania. —Con la mano que había puesto sobre el hombro de Richard, papá apuntó a uno de los párrafos del artículo—. *Quedan prohibidos los matrimonios entre judíos y alemanes* —leyó papá—. *Queda prohibido a los judíos contratar personas del servicio doméstico que tengan sangre alemana.*

—¿Y del colegio qué dice?

—Nada.

—¿Entonces?

—Ya sabes cómo es tu madre, Richard. Decidimos que sería mejor que tú y tu hermano se queden conmigo hasta que sepamos qué tan mal están las cosas. ¿Querías saber qué pasaba? Pues allí lo tienes.

Lutz volvió feliz con un Ritter Sport en cada mano y le ofreció uno a Richard.

—No lo quiero.

—Pero tiene nueces —dijo Lutz.

—¡Dije que no!

—Dámelo a mí —dijo papá fingiendo una sonrisa—. Me encanta el chocolate con nueces.

A las cuatro y media de la tarde, Richard pensaba cómo, de no ser por la cobardía de sus padres, en esos momentos estaría ya arreglándose para su cita. Se estaría peinando, poniéndose una camisa limpia, lustrando sus zapatos, frotando unas pocas gotas de la loción de su padre en su... Pero no, estaba en Backnang, en la maldita tienda vacía de papá.

—Ahora vengo —dijo Richard.

—¡Voy contigo! —exclamó Lutz.

—Quiero ir solo.

—Cerramos en veinte minutos, hijo. Por qué no mejor te esperas.

—Sólo voy a usar el teléfono. ¿Me das un par de monedas? Necesito preguntarle a Alfred si tenemos tarea.

Encontró una Bierhaus en la esquina y fue directo a la cabina de teléfono. Marcó el número de Alfred, el único que se sabía de memoria. Richard necesitaba el número de Lore. ¿Cómo no se lo había pedido a ella antes? Nadie contestaba en casa de los Liebster y, para empeorar las cosas, un hombre barbudo del estilo de Benno estaba impaciente afuera de la cabina. Se veía que el hombre, quien se tambaleaba, llevaba ya varias cervezas.

Richard marcó una y otra vez pidiéndole a Dios que su amigo estuviera en casa, hasta que en una de ésas, milagrosamente, contestó Herr Liebster.

—Herr Liebster, muy buenas tardes. Habla Richard...

Clic.

¿Herr Liebster le había colgado el teléfono?

—Date prisa —balbuceó el barbón. Después golpeó el vidrio de la cabina con sus largas uñas—. ¿A quién le hablas? ¿A tu mamá?

Richard volvió a marcar el número de Alfred. Herr Liebster había dejado el teléfono descolgado.

En cuanto llegó el tren a Stuttgart, Richard corrió lo más rápido que pudo a casa de Lore.

Tocó el timbre y esperó. Después esperó un poco más. Un hombre alto y calvo con un cigarrillo entre los labios abrió la puerta.

—¿Tú eres el portero?

—¿Herr Steiner? —dijo Richard secándose la frente con un pañuelo—. Mucho gusto.

—Hazme el favor de retirarte, muchacho.

—Estoy muy apenado. Si pudiera tan sólo hablar con su hija un par de minutos podría explicarle todo.

—No lo dudo. Los chicos como tú siempre pueden explicarlo todo.

Cerró la puerta de un azotón.

¿Los chicos cómo él? ¿Qué clase de chico pensaba Herr Liebster que era Richard?

A la mañana siguiente, después del desayuno, Richard fue directamente a casa de Alfred. Había tanto que quería platicar con su amigo que no sabía por dónde iniciar. Para empezar ¿dónde había estado Alfred el miércoles? ¿Por qué ese día cuando Richard fue a buscar a Alfred, Herr Liebster estaba en casa (¡en bata!) y no en el trabajo? Tenía que contarle lo ocurrido con Lore. Y también hablar con él de las Leyes de Núremberg, claro. Richard necesitaba que Alfred le dijera todo lo que se había perdido de la clase de Herr Schröder.

Pensando todo esto, Richard caminaba más y más rápido hasta que comenzó a correr. Al dar la vuelta en la esquina, sintió un gran alivio al ver a su amigo en las rejas de su casa platicando con su mamá. Sólo que iba vestido de… No. Imposible. Alfred estaba de calcetas hasta las rodillas, pantalones cortos color negro, una camisa marrón y un brazalete con la esvástica. Madre e hijo se sobresaltaron al ver a Richard.

Ella sonrió falsamente.

Richard se quedó pasmado. Su amigo nunca le había mencionado que quería unirse a la Hitlerjugend. De hecho, a menudo se burlaban de aquellos muchachos que, como Jürgen Angerer, vestían sus uniformes con orgullo, como si estuvieran en el ejército.

—Buen día, Frau Liebster —dijo Richard.

Nadie sabía qué decir.

Frau Liebster le ajustó a su hijo el pañuelo que tenía en el cuello y se despidió alegando que su esposo la necesitaba para algo.

—El profesor Popp no estuvo nada contento de que hayas faltado ayer —dijo Alfred—. Le inventé que tenías una infección en el oído.

—¿Te uniste a la Hitlerjugend?

—¿Por qué faltaste al colegio?

—Responde mi pregunta, Alfred.

—Pensé que ya te lo había comentado.

—Definitivamente no me lo habías comentado.

—Pues te lo comento ahora.

—¿Allí estabas ayer cuando pasé a verte?

—Nos reunimos todos los días, de lunes a sábado.

—¿Por qué te uniste? ¿Para pasar más tiempo con Jürgen?

—No tiene nada de malo. Hoy vamos a ir de campamento. Si quieres ven conmigo y te presento a…

—No digas tonterías.

—¿Tonterías? ¿Porque eres judío? ¿Qué tiene eso que ver con ir de campamento?

—¿Cómo está tu papá?

—Bien.

—Él también es judío.

—No me digas que ahora eres uno de esos paranoicos con miedo a...

—¿Todo bien con su trabajo?

Alfred se deshizo el pañuelo y se lo volvió a amarrar.

—Ya voy tarde —dijo—. Avísame si cambias de opinión.

Queriendo conciliar el sueño en las noches, Richard intentaba no sentir lástima por sí mismo, pero no era fácil. Ya ni siquiera recordaba cómo se había sentido, tan sólo unos días antes, cuando el mundo entero le pertenecía por el gran partido contra Tübingen.

Al final había decidido, tras mucha consideración, que en realidad no podía quedarse enojado con Alfred. La mayoría de los niños cristianos, tal y como lo había mencionado su amigo, pertenecían a la Hitlerjugend. ¿Debía entonces enojarse con todos los niños cristianos?

Pero el problema real era cómo lo miraba Alfred recientemente, casi con lástima.

De no ser por Hitler, pensaba en esas noches de insomnio, si Hindenburg fuera el canciller, Richard seguiría feliz y Lore sería su novia. Lo de Hindenburg era un caso perdido, pero a Lore tal vez todavía podría recuperarla. Tenía que recuperarla.

Ese día en el entrenamiento, justo una semana antes de que Zentral Gymnasium jugara contra Waiblingen en su triunfal (e inevitable) camino al campeonato, los muchachos estaban más felices que nunca. Extrañamente, el profesor Popp venía tarde, así que los chicos hicieron una fila en el medio campo para ver quién podía golpear el travesaño de un tiro. Como en cualquier actividad competitiva, sin importar qué tan pequeña fuese, Richard quería ganar. Tomó uno de los balones, dio seis pasos hacia atrás y, con todas sus fuerzas, lanzó un tiro que ni siquiera llegó al área chica.

A Richard le avergonzó que su deseo por ganar esa tonta competencia fuera casi tan fuerte como el deseo de que no ganara Alfred. Cada vez que éste intentaba el tiro imposible, Richard sentía un nudo en el estómago. Pero era su mejor amigo, ¿no? Cada jugador tuvo sus oportunidades una y otra vez mientras los demás se vitoreaban o burlaban de lo que había hecho. Era un descanso necesario de los demandantes entrenamientos del profesor Popp. Al fin y al cabo, todos ellos jugaban futbol porque les divertía.

—Allí viene —dijo Franz Hauke justo antes de que Richard tomara su segundo tiro.

Jakob Delbrück preguntó quién era el otro señor. El profesor Popp, vestido con sus pantalones cortos de siempre, caminaba junto a un gordo de cara plana y traje café. Avanzaba con ambas manos en la cintura y la cabeza baja mientras el gordo le explicaba algo.

Richard supo que se venía algo malo.

Los hombres se detuvieron justo antes de entrar al campo de juego e intercambiaron unas últimas palabras. El profesor Popp le dio la mano al hombre y trotó hacia donde lo esperaban sus jugadores.

—¡A correr! —exclamó—. Cuatro vueltas al campo. ¡Vamos!

Richard ni siquiera había dado cuatro pasos cuando la grave voz del profesor Popp lo frenó como un muro de ladrillos:

—¡Herr Pick! ¡Herr Baumann! Vengan un momento.

Richard nunca había oído al entrenador llamarles Herr a sus jugadores. Sintió que las rodillas le temblaban, como si en cualquier momento fuera a caerse. Elisha Baumann lo miró con la misma expresión con que Lutz lo había mirado la mañana anterior. Ambos se pararon frente al profesor Popp como dos asesinos confesos esperando su sentencia. Los demás, mientras tanto, trotaban alegremente como si nada.

—Lo siento —dijo Popp—, el equipo deberá continuar sin ustedes.

—¿Disculpe? —preguntó Elisha.

—Aquel hombre trabaja en la Asociación Atlética Socialista de Württemberg. Venía con órdenes de sus superiores.

Elisha comenzó a llorar.

—Pero…

—Habrán oído de las Leyes de Núremberg.

—Ninguna ley habla del futbol —dijo Richard.

—No se quieren arriesgar a malos entendidos. Creo que hacen lo correcto —respondió el profesor Popp.

Lo que más enfurecía a Richard era la manera en la que les estaba hablando. Si bien el profesor siempre había sido severo, detrás de esa severidad se notaba el respeto y el cariño que les tenía. Ahora todo lo que notaba en el entrenador era desprecio. Popp les hablaba como si fueran los portadores de un virus mortal y contagioso.

—¡No es justo! —dijo Elisha.

—¿Crees que me gusta que a media temporada me quiten a dos porteros?

—¿Y entonces? —gritó Elisha—. ¿Nos corre del equipo así como así? ¡No puede hacernos esto!

Los demás chicos pararon su trote para observar lo que ocurría.

—Herr Baumann, esto no tiene nada que ver conmigo.

Elisha comenzó a sollozar. Richard lo tomó de la camisa para que se fueran. Estaba igual de enojado que su compañero, pero sabía que era inútil quejarse.

—¡No puede hacernos esto! —repitió Elisha.

—Cualquier queja que tengan pueden dirigirla a la Liga Nacional Socialista del Reich para el Ejercicio Físico. Hasta luego.

—¡No! —dijo Elisha.

—¡Herr Baumann! —Popp enrojeció de ira—. No empeores las cosas.

Fue una tarde difícil en casa. El mismo día en que Richard fue expulsado del equipo, la maestra de Lutz le llamó "judío tonto" frente a sus compañeros. Ambos estaban atónitos y mamá no podía parar de llorar. En la noche, antes de que llegara papá de Backnang, sonó el timbre. Richard estudiaba para un examen de matemáticas, así que fue Lutz quien bajó a abrir. ¿Y ahora?, pensó Richard, ¿qué horrible desgracia nos espera?

Fue Alfred quien apareció en la sala vistiendo el uniforme de la Hitlerjugend, sólo que sin la esvástica en el brazo.

—Vaya —dijo mirando por primera vez el departamento—, sí que tienen muebles.

—¿Qué quieres? —preguntó Richard con la mirada fija en su libro.

—Quería saber por qué te fuiste hoy del entrenamiento.

—Sabes perfectamente por qué.

—Bueno, quería saber cómo estabas.

Richard cerró el libro de golpe.

—Vamos afuera.

No quería que sus padres vieran a un joven nazi en la sala de su casa. Bajaron las escaleras en silencio. Previo a salir, Alfred se puso el brazalete, pues omitirlo del uniforme era una grave ofensa. Los amigos se sentaron en una banca.

—¿Despidieron a tu papá?

La pregunta molestó a Alfred.

—No por ser judío. Hubo una ola de despidos por temas económicos.

—Así como el profesor Popp tuvo que deshacerse de sus dos porteros quienes, por pura coincidencia, resultamos ser judíos.

—Richard, lo de Hitler es… temporal. Sólo mientras el país se recupera. Esto terminará antes de lo que crees.

Alfred era muy malo para mentir.

—Está bien —dijo Richard—. Fue un gusto verte. Me voy a estudiar.

—Por cierto, me enteré de que invitaste a Lore al cine. ¿Cómo te fue?

—Soy mucho más inteligente que el hombre promedio, si a eso se refiere. Humilde, no, pero ¿qué hombre superior es humilde? La humildad es una virtud falsa, un mito necesario, un instrumento de opresión utilizado por los poderosos.

—¿Habla de la moral del esclavo, Herr Doktor?

—¡Nietzsche! Veo que tienen buenos colegios en Pforzheim.

—Excelentes.

—Y, sin embargo, continúan produciendo esclavos. Verdaderamente desesperanzador. Como ves, esta moral del esclavo está tan arraigada en nuestra cultura que los alumnos leen a Nietzsche desde el punto de vista del esclavo. El pobre debe estar revolcándose en su tumba. ¿Tú te consideras un esclavo, Offizier Petersen?

—No.

—Pensaría dos veces antes de responder, si fuera tú. Primero pregúntate: ¿Soy un guerrero como el Herr Doktor? ¿Por qué estoy yo aquí, Offizier, y usted allá?

—No entiendo la pregunta.

—Claro. Este mundo de esclavos ha hecho del nihilismo su concepto rector. Lo que nosotros queríamos, vaya hazaña heroica, era darle la vuelta a esa estructura de valor. Tan heroica era tal hazaña, que los degenerados se asustaron. Entraron en pánico. Pero no pueden admitir que tienen miedo, así que utilizan la moral como muleta. Me da asco, sinceramente. Puedes pensar que tienen razón, pero debes al menos sospechar que hay algo de repugnante en ello.

—Para usted ¿qué es lo no repugnante?

—La fortaleza. Tener una voluntad sólida. Ser de espíritu noble y puro. El simple hecho que me hagas esa pregunta... APESTA a mierda.

—...

—Sabes, Offizier, uno de tus superiores me preguntó si había aprendido algo de todo esto. ¡Carajo!

—¿Qué le respondió?

—Dame otro cigarrillo... Por supuesto que aprendí algo. Aprendí tal vez la lección más valiosa de todas, algo que Nietzsche intentó decirnos y que no quisimos entender: aprendí que los mediocres son ineficaces en todo menos en defender la tiranía de la mediocridad. Eso fue lo que no entró en los cálculos del Führer.

—Disculpe, Herr Doktor, pero estábamos hablando de su genio referente a áreas fuera de su trabajo con señales radiofónicas.

1936

Teplitz–Schönau, Checoslovaquia

Las siguientes fichas de dominó cayeron rápido y sin piedad. Los judíos fueron expulsados de las instituciones educativas, tanto públicas como privadas. Después se les retiró la ciudadanía alemana. A papá se le acusó de vender mercancía por debajo del costo y fue forzado a vender su tienda a un precio risible.

Los meses que siguieron fueron, para Richard, como un sueño. Una pesadilla. Los Pick pasaban la mayor parte del tiempo encerrados en su departamento como prisioneros. Los cuatro subieron de peso porque mamá no podía dejar de cocinar. En las tardes, Richard paseaba por Stuttgart buscando a Lore. No se atrevió a tocar el timbre de su casa por miedo a que otra vez le abriera el señor Steiner.

Durante una de esas caminatas, Richard vio un anuncio para un curso de mecanografía y taquigrafía. Entró al local y le preguntó al maestro y dueño de la escuela, Herr Lammert, si estaba permitida la inscripción a judíos.

—Lo único que importa aquí es que el alumno pague la colegiatura.

Así que, con dinero que le prestó Oma, Richard se inscribió al curso. Esto mejoró un poco las cosas, ya que podía dirigir sus energías intelectuales y competitivas a las clases. En la escuela de Herr Lammert no había mucha comunicación entre los alumnos, así que ninguno de sus compañeros sospechaba que fuera judío.

Un sábado después de clase, Richard caminaba de vuelta a casa por Münzstrasse, cuando vio en la acera opuesta a los hermanos Hauke con Thomas Fauser, Jürgen Angerer y otros niños que no conocía. Todos iban uniformados de futbol y Fauser llevaba un balón bajo el brazo. ¡El futbol! ¡Allí estaba la solución! No había ley alguna que prohibiera que los judíos jugaran futbol en los parques.

Richard le gritó a Franz, quien pareció no escucharlo. Luego gritó el nombre de Otto Hauke. Otto volvió la mirada hacia Richard y de inmediato la desvió.

No, pensó Richard. No puede ser.

Cruzó corriendo y se plantó frente a los chicos. El único en saludarlo fue Franz, quien lo hizo a medias y con la mirada baja.

—Amigo Richard —dijo Jürgen—, ¿no deberías estar en la sinagoga?

El único en reírse fue uno de los niños desconocidos.

—¿Van a jugar al parque?

—Sí —dijo Jürgen—, pero no hay lugar para judíos sucios.

El comentario de Jürgen no enfureció a Richard tanto como el silencio de Thomas Fauser y los Hauke. Eran sus compañeros de equipo, sus amigos. De haber estado alguno de ellos en su situación, Richard sin duda lo hubiera defendido.

—¿Así es como van a ser las cosas? —Richard le dijo a Franz.

—¿Por qué no mejor vas a darte un baño? —insistió Jürgen.

Una vez más la furia le rogaba a Richard que golpeara a Jürgen en la cara. Sería un acto fácil y satisfactorio, pero ¿y después? ¿Golpearía al chico que se rio del estúpido chiste de Jürgen? ¿Después se pelearía con los hermanos Hauke? ¿Luego con Thomas? Lo único que hacían era portarse como cualquier otro alemán.

Escenas como ésa se hicieron cada vez más comunes, lo que provocó un fuerte aumento en la emigración judía. A diario Richard oía de otra familia que se había fugado a Argentina, Paraguay, Chile, Ecuador o alguna otra tierra exótica y lejana. Allan Granz, compañero de clase de Lutz, se fue con su familia a Chicago. Después Julius, primo de mamá, pasó a casa de los Pick a avisarles que se iría con su familia a Nueva York. Entonces comenzaron los susurros entre papá y mamá discutiendo si ellos también debían irse. Después los susurros fueron subiendo de tono.

—¡Me prometiste que no nos volveríamos a mudar! —gritaba mamá.

A Richard le molestaba la idea de irse de Stuttgart, pero más le molestaban las peleas entre sus padres.

—¡Pero nunca imaginé que llegaríamos a esto!

Lo mejor que pudo hacer papá fue conseguir que su familia emigrara a Checoslovaquia.

Una tarde, hacia finales del otoño, los Pick fueron a casa de Oma para despedirse. Mamá ya estaba llorando para cuando llegaron y a Lutz se le salieron las lágrimas al ver el rostro de su abuela. Mientras cenaban, papá se retiró al baño, sin duda como una excusa para poder también llorar a escondidas. Richard lloró cuando abrazó a Oma antes de retirarse.

—¿Cómo eres tan fuerte? —le preguntó a su abuela, quien se había mantenido estoica durante la velada.

—Tú también eres fuerte, Richard —dijo ella limpiándole las lágrimas de la mejilla con un pañuelo—. Hasta más fuerte que yo. Ya lo verás.

El trayecto en tren fue largo y doloroso. No había viajes directos a través de Núremberg hacia Checoslovaquia, así que tuvieron que ir al norte hasta Fráncfort, luego a Fulda, donde tomaron un tren a Leipzig que eventualmente los depositó en su nuevo hogar. En esta mudanza los Pick sólo llevaban los muebles indispensables.

Lutz estaba tan nervioso que no paraba de hablar. Hablaba de todo, de sus libros, del clima… No paraba de hacerle preguntas a Richard sobre Teplitz-Schönau, como si su hermano conociera la ciudad. *¿Tienen biblioteca? ¿Qué comen? ¿Vas a jugar en el equipo de futbol? ¿Hay muchos árboles? ¿Por allí pasa el circo?* (A Lutz le fascinaba el circo, en especial los elefantes. El año anterior, cuando el circo había pasado por Stuttgart, los niños Pick habían ayudado a levantar su enorme carpa). Richard, quien estaba igual de nervioso que su hermano, pero sabía disimularlo, perdió la paciencia en un par de ocasiones, y le pidió a Lutz que dejara de hacer preguntas bobas. La única respuesta que dio con confianza fue que sí, claro que jugaría futbol en su nueva escuela checoslovaca y esta vez lo haría de delantero. Si no podía coronarse campeón de la LRS, lo haría en su equivalente checo.

Cuando transbordaron en Leipzig, una pareja de estudiantes universitarios subió al tren momentos antes de que partiera. Los jóvenes se sentaron unas filas delante de Richard, él vestido de traje y corbata floja, mientras que ella lucía hermosa con su blusa de lunares y su boina. La pareja reía y bromeaba, dándole tragos a una lata de cerveza que compartían, escondiéndola deprisa cuando apareció el recaudador de billetes. Richard no pudo más que pensar en Lore. Sin duda a ella también la habrían expulsado del colegio. ¿Los Steiner habían huido? ¿Acaso el amor de su vida vivía ahora en la selva sudamericana? ¿En algún rascacielos de Chicago? ¿En Ámsterdam? ¿En Canadá? Le rompió el corazón pensar que ella estaba tan lejos. La había perdido para siempre.

Papá encontró una casa espartana y angostísima con dos recámaras y una diminuta cocina.

En esas primeras noches en su nueva casa, Richard, sin poder dormir, escuchaba los pasos de su madre yendo de un lado a otro. Se preguntaba si ella sentía su pesar como Richard el suyo. El ambiente era sombrío. Tanto papá como los niños se mantenían ocupados con los obstáculos burocráticos para que Lutz y Richard fueran admitidos al colegio a mitad del año.

Una tarde, al regresar los tres exhaustos de otro día perdido en el Ministerio de Educación, otro día en el que nadie los había recibido, se encontraron con un hombre alto y una mujer delgada cargando un rifle en el bosque detrás de la casa. Lutz, asustado, tomó la mano de Richard. La mujer disparó y le entregó el rifle al hombre.

Papá también se sobresaltó al principio, pero después, al ver a la pareja más de cerca se dio cuenta de que estaban a salvo. Al ver aproximarse a los Pick, el hombre levantó una mano para saludarlos. Su cabeza calva, sus ojos azules, la nariz prominente… gracias a Dios, era judío. Y la mujer no era una mujer, sino una niña, un poco menor que Richard, de cara elegante e interesante, aunque no bella.

—*Sousedé* —dijo el hombre—. *Konečně se setkáme!*

Para Richard, el checo no era un idioma difícil, sino imposible, una lengua conformada por sonidos alcatorios más que palabras. Los señores intercambiaron algunas palabras en checo.

—Les presento a Jakub Zlotikman —les dijo a sus hijos—. Y a su hija Gabriela. Son nuestros vecinos.

—*Sehr angenehm* —dijo Jakub—. Un gusto conocerlos. —Hablaba buen alemán, como todos los hombres de su edad, por haber crecido bajo el mando austrohúngaro—. Saluda a tus vecinos, Gabriela.

—Mucho gusto.

¿Su timidez se debía a que el alemán no era su lengua natal?

—Estamos practicando tiro —dijo Jakub apuntando a una hilera de latas sobre el tocón de un árbol.

Más tarde, Jakub invitó a papá y mamá a una cervecería en el centro mientras Gabriela les daba a los niños un recorrido por la ciudad. El recorrido aburrió a Richard, no sólo porque Gabriela era mucho más seria y formal que las chicas de Stuttgart, sino porque no había mucho que ver en Teplitz.

—Allí es el teatro, Herr Pick —dijo Gabriela señalando un edificio gris al cual le urgía una renovación.

—Por favor, llámame Richard. Tenemos prácticamente la misma edad.

—Allí está la iglesia, Richard —dijo la niña obediente un par de cuadras después. De hecho, su alemán no era muy bueno.

Se sentaron en una cafetería cerca de los Jardines Havlíček y Lutz, quien no había hablado en toda la tarde, le preguntó a Gabriela por su madre. ¿Por qué no había ido a la cervecería con los demás adultos? ¿Estaba muerta?

—¡Lutz! —exclamó Richard, quien había albergado la misma duda.

—Mamá pasa mucho tiempo en su recámara descansando.

Cambiando el tema, Richard le preguntó a su vecina si había tenido la oportunidad de ver *Última parada*. ¿Sería una traición a Lore si fuera a ver aquella película con otra chica? ¿Acaso importaba si Lore nunca se enteraría, si nunca volverían a verse? Ésas eran preguntas tristes.

—No voy mucho al cine —dijo Gabriela, quien se veía aún más pálida con la pobre iluminación de la cafetería.

—¿Entonces qué te gusta hacer?

Ella encogió los hombros.

—Ir al colegio.

—¿Y ya?

—Toco el violín y practico tiro. Le ayudo a papá con su trabajo.

—¿Qué hace?

—Es contador.

—¿Y te gusta ayudarle?

Volvió a encoger los hombros.

—Soy buena con los números.

Richard había tenido esperanzas de que este tour por la ciudad le levantara un poco los ánimos, pero ahora se sentía más deprimido que antes. ¿Qué clase de niña era ésta que disfrutaba ayudar a su padre con la contaduría? ¿Estaba acaso frente a la chica más aburrida del mundo? ¿Así eran todas las checoslovacas?

Algunos días después, los Zlotikman invitaron a los Pick a cenar a su casa. A Richard le sorprendió cuando la señora de la casa, Jana, les abrió la puerta. Tenía el pelo opaco recogido y portaba un vestido café abotonado hasta el cuello.

Mientras los adultos conversaban sobre los próximos Juegos Olímpicos (todos estaban indignados de que se llevaran a cabo en la Alemania de Hitler), Richard observaba a Jana cuidadosamente, intentando detectar algún síntoma de la misteriosa enfermedad mencionada por Gabriela. Sin embargo, la señora se veía bien, comiendo huevos rellenos y conjeturando cómo manejaría el *Führer* las victorias de los atletas que no fueran arios. Tampoco se podía decir que Jana Zlotikman fuera la viva imagen de la salud. Era hasta más pálida que su hija y sus brazos parecían frágiles, como si estuvieran a punto de romperse.

El menú, para darles la bienvenida a los nuevos vecinos, consistió en comida típica de la región: sopa de champiñones, cebolla frita y ternera ahumada con albóndigas. Cuando a Richard ya no le cabía una migaja más, apareció Jakub con una bandeja de bollos trenzados a los que Richard no pudo resistirse.

—Paul quiere comprar una tienda en la ciudad —le dijo Jakub a su esposa tras una pausa en la conversación—. Tiene vasta experiencia de comerciante.

Fue entonces que Richard se percató de que Jana llevaba mucho tiempo sin hablar.

—¿Ah, sí? —dijo la señora casi en un suspiro—. ¿Qué tienda?

Papá le explicó que había visto un par de buenas opciones en Novosedlice.

—Maravilloso —murmuró Jana. Se disculpó y dijo que tenía que retirarse.

Entonces vino otra pausa en la conversación. ¿Papá había dicho algo que ofendió a Frau Zlotikman? ¿Se había retirado por algo relacionado con su enfermedad?

Esta vez Jakub rompió el silencio con un fuerte aplauso:

—¡Emma! —dijo emocionado—. Paul me dice que tienes la voz de un ángel. Nuestro piano no es ninguna maravilla, pero a Gabriela y a mí nos encantaría que nos tocaras una canción.

Mamá se sonrojó.

—Temo informarte que mi marido es un mentiroso.

Todos rieron.

Papá abrazó a mamá y le dio un beso en la sien.

—Emma tiene la voz de un ángel porque *es* un ángel.

Todos se trasladaron a la sala de estar donde mamá tocó "Abajo en Unterland", cantándola a dueto con papá. Después mamá y Jakub interpretaron "Mi niña tiene una boca de rosa" a capela.

Viendo que Lutz se había quedado dormido en el sofá —hazaña increíble, dada la cantidad de ruido—, Paul le agradeció a Jakub por la maravillosa cena, agregando que era hora de retirarse.

—¡De ninguna manera! —exclamó Jakub—. ¡El joven no ha probado el Slivovitz!

—¿Richard? —dijo mamá—. Pero si todavía es un niño.

—Mi padre me dio mi primer trago de Slivovitz cuando yo tenía apenas diez años —reviró Jakub—. ¡Este nuevo compatriota no puede pasar un día más sin probar la bebida nacional!

Eso de "nuevo compatriota" no le hizo mucha gracia a Richard. Él era y seguiría siendo alemán, por siempre y sin importar lo que dijeran los nazis. Jakub volvió de la cocina con una botella circular en una mano y cuatro vasos apilados en la otra y vertió lo poco que le quedaba a la botella en los cuatro vasos.

—*Na zdravi!* —exclamó Jakub, su vaso en el aire.

—*Na zdravi!* —respondieron papá, mamá y Richard.

Gabriela, la única sin un trago con cual brindar, bajó la mirada hacia las migajas de su bollo trenzado. Richard por poco y vomita. El Slivovitz tenía que ser el licor más asqueroso sobre la faz de la tierra. Hizo lo posible por no revelar su disgusto con una mueca, pero el alcohol, con sabor a canela quemada, lo superó. Ante esto, Jakub, quien había consumido su trago de un sorbo, soltó una carcajada.

—En este país todo es un gusto adquirido, compañero. Ya lo verás.

Papá encendió un puro y le dio otro a Jakub. Éste, tras exhalar su primera bocanada de aire, sonrió:

—¿Sabes, Paul? Con sólo mirarte a los ojos puedo notar que eres bueno para los negocios.

—Sí que lo es —dijo mamá—. Sólo que… no hemos tenido muy buena suerte.

—No hay duda de que éstos son momentos difíciles —agregó Jakub—. Pero eso no significa que todo esté perdido. ¿Has considerado otras inversiones además de la tienda, Paul? ¿No crees que sería bueno expandir tus horizontes?

—Yo, pues… Acabamos de llegar, así que…

—¿Y si te dijera que he encontrado una gran oportunidad, una inversión infalible?

Papá apretó los labios y miró su puro que descansaba en un cenicero de vidrio entre sus manos.

—Te diría que no hay tal cosa, Jakub.

—Entiendo que después de todo lo que te ha pasado seas algo pesimista. Pero déjame decirte, aquí frente a tu mujer y tu hijo mayor: esta cena fue una prueba.

—¿Una prueba?

—Por favor, no lo tomes a mal. Tú tampoco, Emma. Desde que los conocí me cayeron de maravilla. No es común que uno tenga vecinos tan decentes, honestos y agradables. La familia que vivía en aquella casa antes que ustedes, los Chlup, digamos que no eran muy amables. ¿No es así, Gabriela?

Gabriela indicó que sí con la cabeza mientras bostezaba. Richard deseó que Jakub tuviera piedad con ella, con todos, y finalizara la cena de una vez por todas. ¿Cuánto tiempo llevaban en casa de los Zlotikman?

—Verás, Paul. Me he encontrado con un genio. Aquí mismo en Teplitz. Paul, Emma ¿ustedes alguna vez han conocido a un genio?

—Mi padre era fenomenal con las matemáticas —dijo mamá—. *Alav ha-shalom.*

—No me refiero a alguien muy inteligente, sino a un verdadero *genio*. Alguien cuyo cerebro es incomprensible para personas como nosotros. Un genio a la altura de Thomas Mann o Manne Siegbahn.

—Alguien de ese nivel… no creo.

—Ni yo, Paul. Hasta que me encontré con el doctor Kormos.

—¿Kormos? —preguntó papá.

—Lo conocí por casualidad en el León Alado. Me contó de un producto revolucionario que ha inventado. Lo único que le hace falta es algo de capital. Si fuera un hombre rico se lo hubiera dado todo, pero necesito un socio. Tan pronto como te conocí, Paul, a ti y a tus niños, a tu mujer, supe que Elohim me había mandado el socio que tanto le había pedido. Jana, con el sentido común exclusivo de las mujeres, me pidió que fuera precavido y propuso que los invitáramos a cenar para conocerlos mejor. —Jakub sonrió—. Y no han hecho más que confirmar mis presuposiciones.

—Si el producto es infalible —dijo papá—, claro que…

Mamá le interrumpió:

—Tendríamos que pensarlo.

—Por supuesto —agregó papá—. Mi esposa y yo lo analizaríamos juntos.

—Silencio —dijo Jakub poniendo ambas palmas al aire—. Esta conversación requiere de algunas gotas más de Slivovitz. Gabriela, ve al ático y trae una botella. Richard, acompáñala para ayudarle a mover cajas.

Subiendo las escaleras al piso de las recámaras, Richard miró las pantorrillas de Gabriela descubiertas frente a él. La chica no era fea. ¿O acaso estaba borracho? Cuando cruzaban el pasillo, Richard frenó repentinamente. La puerta de la recámara principal estaba abierta y dentro de ella, sentada al pie de la cama, estaba Jana. La señora se había cambiado a un camisón negro y su pelo ahora le caía sobre los hombros. La mujer tenía la cabeza baja, como observando a un insecto caminándole por los pies.

—¿Richard?

Gabriela lo esperaba junto a las escaleras de caracol.

Su voz quebró el estupor de Jana y la señora, asustada, miró a Richard.

—Perdóneme —le dijo Richard antes de alcanzar a su hija.

Mientras continuaban subiendo las empinadas escaleras al ático Richard no pudo evitar mirar los calzones de Gabriela. Eran blancos. Richard sintió que había hecho algo malo. Ya en el ático, bajo la luz de la luna que se colaba por la ventana, Gabriela se veía... hermosa.

—Te dije que mamá estaba enferma.

—Lo siento. Pensé que tal vez...

—Necesita descansar.

El polvo le provocó un par de estornudos a Richard.

Ayúdame con esa caja de allí dijo ella . Yo me encargo de la de allá, que es menos pesada.

Cuando finalmente liberaron el cofre de licores, Richard y Gabriela se arrodillaron hombro con hombro a buscar el Slivovitz.

—¡Aquí está! —dijo ella limpiando la polvorienta etiqueta con la palma de su mano.

—¿Tú qué opinas de los Juegos Olímpicos?

Gabriela lo miró como si Richard hubiera hablado en ruso.

—¿Que qué opino yo?

—¿Crees que deberían llevarse a cabo?

—Ah. Pues...

¿Acaso no tenía opinión alguna sobre el tema? Lore le hubiera respondido de inmediato.

—No sé —dijo Gabriela—. Es un tema complicado.

No, no era la luz de la luna. No era el Slivovitz. Gabriela era hermosa.

—Yo tengo sentimientos encontrados —dijo Richard—. Por un lado, el mundo debería protestar contra lo que ocurre en Alemania. Pero por el otro, cancelar los Juegos no sería justo para los atletas.

—Es cierto.

Entonces Richard le plantó un beso en el cachete y de inmediato se hizo para atrás para ver su reacción. Gabriela tenía la misma expresión de siempre, plana, ininteligible.

Le besó el otro cachete y otra vez Gabriela ni se inmutó.

—Vámonos —dijo Richard—. Los adultos nos esperan.

La mañana siguiente llegó con buenas noticias. Una carta del Ministerio de Educación les informaba que los niños por fin habían sido aceptados en el colegio.

—Pensé que la burocracia alemana era terrible —dijo papá—, pero la checoslovaca puede que sea aún peor.

Mamá preparó una tabla de panes, quesos y mermeladas. Richard saboreó su desayuno sabiendo que pronto podría asistir al colegio y jugar una vez más en un equipo de futbol. Pronto tendría la oportunidad de hacer amigos y conocer chicas. Adoraba a sus padres y a Lutz más que a nada en el mundo, pero ya estaba un poco harto de ellos. Desde que habían salido las Leyes de Núremberg, los cuatro habían estado prácticamente encerrados, primero en el departamento de Stuttgart y después en la casita de Teplitz.

—¿Podemos visitar el jardín botánico? —preguntó Lutz con la boca llena de pan.

—Hoy no —dijo papá—. Estaré ocupado.

Richard preguntó si iría en búsqueda de alguna tienda que comprar y se ofreció a acompañarlo.

—Haré algo mejor que eso —respondió sonriente—. Voy a conocer al genio.

—¿Hoy? —intervino mamá.

—Jakub y yo almorzaremos con él en el León Alado. Por lo visto los genios trabajan en tabernas.

—Ten cuidado, Paul. Jakub es un buen hombre, pero no sé si sea el mejor empresario.

—¡Si se dedica a la contaduría!

—Ser bueno para los números no equivale a saber de negocios.

Papá se terminó lo que quedaba de su café.

—Por eso voy a ir a conocer al genio, amor. Quiero verlo con mis propios ojos.

Sin nada que hacer el resto del día, Richard se sentó en el pequeño escritorio del estudio de papá y le escribió una carta a Lore. Era una costumbre que había adquirido desde su llegada a Checoslovaquia. Su disposición para escribir estas cartas era algo que le había llegado de sorpresa, pues Richard sólo le había escrito cartas a su abuela, de pequeño. A Lore le escribía tanto cosas superficiales —lo que había hecho en el día, lo que había comido, cómo estaba el clima— como cosas más importantes —sus miedos, preocupaciones y esperanzas—. Cuando papá se procuraba un periódico alemán, siempre días después de su publicación, Richard lo leía completo y le escribía sus impresiones a Lore. Había tenido mucho que decir, por ejemplo, sobre la remilitarización de Renania. (Era curioso que, cuando vivía en Stuttgart, Richard nunca leía un periódico, por más aburrido que estuviera). Todas las cartas terminaban igual: Richard le informaba a Lore lo mucho que la extrañaba y lamentaba que su relación había sido interrumpida. En cada carta le repetía la razón por la cual la había dejado plantada ese viernes en que quedaron de ir al cine. Siempre se disculpaba, deseando de todo corazón que ella lo perdonara.

Pero no había manera de que Lore leyera sus explicaciones, pues Richard no enviaba las cartas. Aunque hubiera sabido dónde vivía ella, las cartas le avergonzaban. Lore y Richard se habían visto apenas dos veces, una en el partido y otra afuera de casa de los Steiner, y no tenía porqué estarle escribiendo cartas de amor, así que todas las guardaba en el cajón de su mesita de noche.

—¿Qué son todas esas hojas que tienes allí guardadas? —le preguntó Lutz cuando terminó de escribir la carta de ese día.

—Estoy escribiendo una novela.

—¿De qué trata?

—De la guerra. No se te ocurra leerla.

Después Richard salió hacia el bosque, desde donde se oía el rifle de los Zlotikman.

Se encontró a Gabriela, sola, vestida de pantalón gris y una camisa blanca desfajada. La niña, quien iba descalza, le disparaba a unas viejas tapas de excusado que colgaban de las ramas de los árboles.

—Buena puntería —dijo Richard después de que Gabriela le hizo otro agujero a una de las tapas.

Gabriela volvió hacia él, apuntándole con el rifle. Richard, estúpidamente, se protegió la cara con ambas manos.

—*Promiňte!* —gritó en checo tras bajar el arma—. ¡Discúlpame!

—No debí haberte sorprendido de esa manera.

Gabriela parecía querer llorar.

—En serio —insistió Richard—, no pasó nada.

—Fui muy descuidada.

—¿Por qué no hacemos esto? Enséñame a tirar y te perdono.

—¿Te gustaría aprender?

—Tú pareces disfrutarlo.

Ella lo pensó un momento.

—Me ayuda a olvidarme de la vida.

—Suena como algo que me haría mucho bien.

—Ven —dijo Gabriela—. Párate junto a mí.

El arma era más larga de lo que Richard recordaba. ¿Todos los rifles eran así de largos? Además era más pesado de lo que imaginaba.

—¿Ahora qué?

—Levántalo así, colocando la culata en tu hombro. Después apunta y jala el gatillo.

—¿Y ya?

Ella se encogió de hombros.

—Sólo asegúrate de apuntar un poco a la derecha de tu objetivo. El rifle es viejo y la corona está chueca.

Richard siguió las instrucciones de Gabriela, pero no le dio a ninguna tapa. Además, la culata botó tan fuerte contra su hombro que Richard tuvo que soltar el arma.

—*Scheisse!*

—Olvidé decirte que mantengas firme el hombro.

Richard no pudo más que reírse. Se sentó en el pasto, junto al rifle, para masajearse el hombro con la mano izquierda.

—En serio lo siento, Richard.

—Basta. Tú estabas aquí disparando. Yo soy el que vino a interrumpirte. Además, ya no duele tanto.

Gabriela puso una mano sobre el hombro lastimado de Richard para masajearlo ella. Era un sentimiento agradable. ¿Le atraía Gabriela o el solo hecho de que una chica lo estuviera tocando?

—Me gustas, Richard.

—Y tú a mí.

No era una mentira, pero tampoco era verdad.

—Qué bien que nos podremos ver en el colegio.

—¿Por qué eres tan formal conmigo? Los dos somos sólo niños.

—Discúlpame.

—Deja de disculparte, Gabriela.

—Discúlpame.

—Pensé que Jakub exageraba —dijo papá disfrutando del delicioso estofado de conejo de mamá—, pero este doctor Kormos no es normal.

—¿Qué clase de apellido es Kraumos? —dijo Lutz.

Desde que había vuelto del León Alado, papá no había hecho más que expresar pura alegría. Besó a mamá en los labios, abrió una botella de vino, cargó a Lutz en sus hombros… Richard no recordaba la última vez que lo había visto tan feliz.

—Kormos, hijo. El doctor se llama Zsolt Kormos.

—Suena como un personaje de *Aventuras en el planeta más lejano* —dijo Lutz.

Mamá, quien también estaba feliz, rio.

—Sólo que éste no es un marciano, hijo. El doctor Kormos es de Budapest.

—¿De qué se trata el negocio? —preguntó Richard.

Papá tomó algo de vino.

—Te contaré todo a detalle, hijo. Antes que nada, al entrar al lugar, de inmediato detecté al doctor sin que Jakub tuviera que decirme quién era. Ocupando una cabina en la esquina, el genio vestía un abrigo de pieles aunque dentro de la cantina hacía calor. Ya nos lo había advertido Jakub: el hombre es un excéntrico. Pero lo más interesante de todo era que, cuando llegamos a su mesa, el genio leía dos libros simultáneamente.

Lutz preguntó cómo alguien podía leer dos libros al mismo tiempo.

—Tenía uno del lado izquierdo —explicó papá—, uno del lado derecho y en medio de los dos descansaba un cuaderno de piel en el que tomaba apuntes.

—¿Qué leía?

—No me apures, Richard. Cuando Jakub lo saludó, el doctor ni siquiera subió la mirada. Estaba tan inmerso en su lectura que no notó nuestra presencia.

—Qué extraño que alguien lea en una taberna —dijo mamá.

—Así que Jakub golpeó la mesa un par de veces para captar la atención del genio. Nos preguntó si había algo en lo que pudiera ayudarnos. Jakub le dijo su nombre, pero el húngaro no lo reconoció. Le preguntó si había sido alumno suyo.

—Un momento —interrumpió mamá—. ¿Que no Jakub ya lo conocía?

—Pero es que el señor está en la luna. Yo iba preparado para conocer a alguien raro, pero el doctor Kormos es casi *demasiado raro*. Por poco y me voy de la taberna, olvidándome del negocio para siempre. Jakub, sin embargo, se volvió a presentar con el doctor, después me presentó a mí y al poco tiempo ya estábamos los tres platicando y compartiendo un plato de papas, cebollas y jamón.

—¿Pero cuál es el negocio? —insistió Richard.

—A eso voy, hijo. El hombre es químico, uno de los mejores de Europa, aunque en este momento está escribiendo un tratado sobre física. De eso eran los dos libros que leía. El doctor Kormos pasó algunos años enseñando en París y muchos otros en la Universidad de Salzburgo. Jakub, quien sabe algo de frenología, dice que la forma de la cabeza del doctor es como ninguna que haya visto antes.

Mamá preguntó qué hacía un hombre tan exitoso en una ciudad como Teplitz.

—Parece que tiene algo que ver con sus pulmones. El aire de aquí es más… Me lo intentó explicar, pero no entendí. Bueno, pues después de los alimentos vino la plática de negocios. El doctor Kormos acaba de patentar una fórmula química para crear una pomada que deshace el vello facial sin necesidad de un rastrillo.

—Imposible.

—Querida, estaba todo en su cuaderno. Allí había escrito cómo preparar la poción, paso a paso. Ya hasta tiene nombre. La pomada se llama Blask.

—Blask —murmuró Richard. Sí que era un gran nombre. Tal vez hasta el nombre perfecto. El nombre de un producto que no podría fracasar. Lo vio anunciado en diarios y revistas por toda Europa: Blask, la crema imposible.

A Lutz también le gustó.

—¿Cómo es que a nadie se le había ocurrido antes? —preguntó Richard.

—¡Lo mismo pensé yo! Es casi demasiado obvio. Adiós a las navajas de afeitar. ¿Sabes cuánto pagarían los hombres por ese producto?

—¿Y el doctor ya lo probó?

—Claro, Emma. En decenas de sujetos. Al fin y al cabo, el hombre es un científico.

—Entiendo.

—No pareces muy convencida.

—Si todo esto es cierto, ¿por qué está invitando a Jakub y a ti al negocio? ¿Por qué no lo hace él solo y se jubila en los Alpes suizos?

—Como todo en esta vida, la respuesta es el dinero. El doctor Kormos es un intelectual. Los intelectuales son unos tontos cuando se trata de dos temas: las mujeres y el dinero. Aparentemente, el doctor se enamoró perdidamente de una bella y deshonesta bailarina del Moulin Rouge. ¿Cómo era que se llamaba? ¡Amandine!

Lutz preguntó qué era el Moulin Rouge. Papá lo ignoró.

—Pues Amandine, por supuesto, dejó al doctor sin un solo franco y con el corazón roto. Por otra parte, la ira del doctor es tan incontrolable, su estado de ánimo tan voluble, que el pobre ya quemó todos sus puentes con la academia. Así es como, incluso siendo el

73

genio que es, se encuentra ahora desempleado, situación que lo empujó a crear Blask. La necesidad es la madre de la invención.

—Pero no tiene el capital con qué producirlo —dijo Richard.

Papá le dio una palmada en el regazo.

—¡Ése es mi muchacho! Ya desde esta edad sabe cómo funcionan los negocios. En efecto, el doctor Kormos necesita inversionistas. Somos muy suertudos de habernos mudado junto a un hombre al que se le ocurrió entablar una conversación con el genio del León Alado. Como mínimo, esto nos dará una buena cantidad de ingresos complementarios. Sin embargo, si me preguntas, creo que también hará que mi idea de comprar una tienda sea obsoleta. ¡O tal vez la tienda debería vender Blask!

—*Kein ayin hara* —dijo mamá golpeando la mesa con los nudillos.

—Sí, querida, *kein ayin hara.*

Para su cita en su nuevo colegio, Richard y Lutz se vistieron de camisa y corbata. Los recibió el director, Herr Skuhravý, un hombre cual delgadez lo hacía ver incluso más alto de lo que era. Herr Skuhravý era un tipo nervioso cuya risa aguda, como de niña, desconcertaba a Richard. La mayoría de sus dientes estaban amarillos y un par completamente podridos.

—Los chicos Pick —dijo Herr Skuhravý sentado detrás de su escritorio mientras hojeaba los documentos—. He estado revisando sus solicitudes.

—Como puede ver —dijo papá—, mis niños son unos alumnos extraordinarios.

El director soltó una de sus risitas.

—Claro, Herr Pick. Es una lástima lo que… ocurre en Alemania… con su gente.

—Pero estamos muy contentos en Teplitz, Herr Skuhravý.

—Le entrego los horarios tentativos de Lutz —dijo el director y le entregó a papá una hoja de papel barato, casi transparente, llena de garabatos.

—¿Tentativos? Pero si nos dijeron que estaban ya aceptados.

—Aceptamos la solicitud para que el niño tome una prueba en la que demuestre al menos un conocimiento básico del idioma checo. Tras tomar la prueba, si es que la acredita, estará tomando únicamente clases de recuperación.

—Lo que sea necesario —dijo papá.

Richard se asustó: ¿él también tendría que limitarse a tomar clases de recuperación?

—En cuanto a Herr Rodolf…

—Richard.

—Claro, Herr Richard. En cuanto a él, desafortunadamente, debido a que no maneja el idioma, el chico es ya demasiado grande para ser admitido en nuestra institución.

El mundo se le volvió borroso a Richard al escuchar esas palabras.

—Pero si en la carta…

—Yo no mandé ninguna carta, Herr Pick.

De repente estaban caminando de vuelta a casa, Richard, papá y Lutz, los tres en total silencio. Richard no pudo armarse de valor para hacer la pregunta obvia hasta media hora después de la reunión con Herr Skuhravý.

—¿Significa que no terminaré mis estudios?

Dado que Richard no tenía mucho que hacer en Teplitz, Jakub y papá lo contrataron como el primer empleado de Blask. No percibía un salario, pero la empresa estaba destinada al éxito y sus esfuerzos sin duda serían remunerados. Para que el doctor Kormos aprobara su incorporación al equipo, Richard tuvo que firmar un contrato, el mismo que firmaron papá y Jakub, prometiendo que no revelaría a nadie la fórmula del producto.

Así fue que Richard despertó una mañana envuelto en un terrible olor. Rápidamente se puso su bata y siguió el olor hasta la cocina. Lo que alguna vez había sido no más que una pequeña habitación con una horrible estufa, ahora parecía un laboratorio. La mesa de la sala estaba apoyada sobre bloques de cemento para que quedara a la altura de la cintura. Sobre la mesa había vasos de precipitado, quemadores, cuentagotas, pipetas, cilindros... Jakub y Paul parecían científicos locos en la portada de una de esas revistas *pulp* que tanto le gustaban a Lutz, cada uno con batas de laboratorio, gafas protectoras y guantes de goma.

—¿De dónde sacaron todo este material? —preguntó Richard pellizcándose la nariz.

—Mi cuñado trabaja en la universidad. Sacó todo esto de contrabando.

—Lo vamos a devolver —aclaró papá—. Es nada más para probar la fórmula. La próxima semana compraremos nuestro propio material.

Mandaron a Richard al patio trasero por su bata, sus guantes y sus gafas protectoras que lo esperaban en una caja de cartón. Los tres hombres trabajaron durante horas cocinando, calentando y enfriando. Jakob tuvo que salir de la casa varias veces porque le entraban ataques de tos. (En una de esas ocasiones Richard creyó escuchar a su vecino vomitar).

—Mis malditos pulmones —decía Jakub invariablemente al volver.

Los nuevos socios de Blask se habían dejado de afeitar desde días antes para que sus rostros pudieran ser utilizados en las pruebas. Al terminar, papá y Jakub se sentaron en el sofá de la sala para que mamá y Richard les aplicaran la pomada con cepillos de piel de tejón.

—¿Cuánto hay que esperar? —preguntó Richard.

Los hombres se veían ridículos con la parte inferior de la cara cubierta de espuma.

—Según el doctor se necesitan sólo dos minutos —dijo Jakub—, pero yo digo que le demos ocho para estar seguros.

—¿Sientes el cosquilleo? —preguntó papá.

Jakub comentó que lo que sentía era un fuerte calor en la piel.

No habían pasado ni tres minutos cuando los hombres, debido al gran dolor que experimentaban, tuvieron que correr a enjuagarse el rostro.

—¡Sigue quemando! —exclamó papá saliendo del baño y frotándose las mejillas con una toalla.

Richard se sobresaltó al ver que el rostro de su padre, con la barba intacta, tenía manchas verdes y moradas.

—Siento como si se me fuera a caer la cara —dijo Jakub.

Los hombres salieron esperando que el aire frío les calmara el dolor, pero únicamente lo empeoró. Mamá salió con dos cubetas llenas de agua. Jakub y papá se pusieron en cuatro patas, como perros, y cada quien metió la cabeza en una cubeta. Por fin, algo de alivio, pero en cuanto sacaban la cabeza el dolor volvía.

Tras más o menos veinte minutos de esta ridícula actividad, Jakub y papá por fin pudieron secarse sus rojas caras por completo, tocándose cada quien el rostro ligeramente con las yemas de los dedos.

Se decidió que pasarían a ver al doctor Kormos.

—Llevaré mi rifle —dijo Jakub.

—No hay manera que nos dejen entrar al hotel con un rifle —respondió papá—. Además, tenemos que considerar que quizá cometimos algún error en la preparación.

Acordaron que Jakub dejaría su rifle en casa, pero que llevaría un pequeño cuchillo escondido en el calcetín por precaución.

El conserje no pareció nada contento al ver a tres hombres enojados, dos de ellos con la cara quemada, entrar a su hotel.

—¿En qué puedo ayudarles, caballeros? —preguntó parándoseles enfrente.

Jakub tomó la palabra:

—Podría ser tan amable de decirnos el número de cuarto del doctor Zsolt Kormos. Aunque, ahora que lo pienso, ¿será ese charlatán de verdad un doctor? ¿Será Zsolt Kormos su verdadero nombre?

—Lo siento mucho, caballeros, pero el hotel no da información de sus huéspedes.

Jakub estaba tan furioso que Richard temió que sacara el cuchillo.

—¡Exigimos que nos dé el número de su habitación *ahora*!

Apareció un policía malencarado empuñando su garrote, listo para lo que fuera.

—Oficial, hágame el favor de escoltar a estos hombres a la salida.

—No nos iremos —gritó Jakub— hasta que podamos hablar con el doc… con el ladrón húngaro.

—Por favor —le dijo papá al conserje—, es de gran importancia que nos dé su número de habitación.

—¿Quieren pasar la noche en la cárcel, caballeros?

—Por favor —le pidió Richard al conserje con la expresión más triste que podía hacer—. Permítame explicarle nuestra situación.

—Le daré treinta segundos de mi tiempo si estos bárbaros se retiran de mi hotel de una vez por todas.

Papá y Jakub accedieron. Richard le platicó al conserje una versión muy breve de lo recién transcurrido.

—Como ya le dije, muchacho, el Hotel Kníže…

—¿Podría al menos decirme si sigue hospedado aquí?

—El doctor Kormos dejó el hotel anoche.

—Las ondas de radio, las de televisión... Hay verdadera belleza en ellas.

—¿Ah, sí?

—Me dan lástima aquellos que no son capaces de verlo. Una danza entre lo eléctrico y lo magnético. Esa frase hubiera enloquecido a mi padre, a cualquier persona de su generación, pero ahora todo el mundo gira alrededor de ello, vivimos inmersos en ello... Han cambiado nuestras vidas para siempre.

—¿Para el bien?

—Yo tenía ya veinte años para cuando se inventaron las radiocomunicaciones. Y aun así las comprendí perfectamente desde un principio. Era como si mi mente ya hubiera sabido de su existencia incluso antes de que existieran. Los pueblos germánicos del norte ya conocían estas posibilidades hace cientos de años.

—¿De las ondas de radio?

—¡No, niño bobo! ¡Del tiempo cíclico! Si no, ¿cómo es que yo ya sabía acerca de las radiocomunicaciones antes de que se inventaran?

—¿Cómo se enteró Hitler de sus facultades?

—La realidad es la compulsión a repetir, y la compulsión a repetir no hace más que iluminar la realidad. Puras cortinas de humo.

—Entiendo, Herr Doktor. Me encantaría que habláramos de algo un poco más concreto.

—¿Como por ejemplo?

—Su relación con...

79

—¡El Führer!
—Precisamente.

PARTE II

1938

Stuttgart, Alemania

El viejo Horsch estaba de mal humor desde la mañana. Frau Stapenhorst era su mejor cliente y el más reciente vestido que le hizo, uno de noche de lamé estampado con flores, no había sido de su agrado. Desde esa mañana, mientras confeccionaba un nuevo vestido que la señora Frau Barthel utilizaría en la boda de su nieta, el viejo no dejaba de hablar sobre lo duro que trabajaba, sobre el gran esfuerzo que exigía cada prenda.

—Y no es sólo Stapenhorst quien se ha vuelto más demandante. Ahora así son todas. ¿Y sabes quién tiene la culpa? Esas nuevas revistas de moda. Hacen que cada mujer crea que puede, ¡debe!, verse como una estrella de cine.

A Richard, mientras cortaba unos patrones en su pequeña mesa de aprendiz, lo que le preocupaba era que Horsch fuera a perder la vista. Con apenas una diminuta ventana, el interior del local estaba a oscuras incluso al mediodía. La única iluminación venía de un solitario foco colgando del techo. Si Richard difícilmente podía ver lo que hacía allí dentro, ¿cómo sería para el viejo sastre, encorvado durante diez horas al día con sus lentes siempre a punto de caerse de su rostro?

—Hago vestidos elegantes y funcionales para mujeres adineradas. ¡Llevo en esto casi cuarenta años y lo he hecho bastante bien! Pero las revistas y las películas inflan las cabezas de las mujeres. Se les olvida que al fin y al cabo no somos más que animales y que todos terminaremos bajo tierra.

No era raro que Horsch hablara así. El viejo trabajaba duro, era honesto, pero su visión de vida era desoladora.

Richard comenzó a guardar sus cosas tan pronto dieron las seis. (Nada le molestaba más al sastre que el desorden).

—¿A cenar, joven Richard?

—Sí, señor.

—Saluda a Lina de mi parte, ¿sí?

Herr Horsch sólo sonreía cuando hablaba de Oma.

Richard estaba de vuelta en Alemania porque papá, al ver que su hijo no tendría en qué ocuparse en Teplitz-Schönau, se había esforzado por conseguirle a su hijo una pasantía en Stuttgart. Sin embargo, todos sus amigos judíos habían huido de Alemania y los que permanecían allí habían sido despojados de sus negocios. En cuanto a sus amigos cristianos, éstos o ya no respondían sus cartas o le explicaban, de una manera muy cordial, que para ellos no sería lo más idóneo contratar a un muchacho judío. Incluso en estas condiciones Richard volvió a casa de Oma. Sabía que conseguiría empleo de una u otra manera. Tan pronto como llegó con su abuela, ella ya se las había arreglado para que Richard fuera aprendiz de sastre. Herr Horsch era, por mucho, el mejor sastre de la ciudad. De hecho, la única razón por la cual no le habían quitado su negocio al viejo judío era que entre su clientela estaban las esposas y amantes de los nazis más poderosos de Stuttgart.

Esa noche, al llegar a casa, a Richard lo envolvió el delicioso aroma de la carne con papas que Oma preparaba en la cocina.

—¡Llegas justo a tiempo, hijo mío! —dijo una sonriente Oma secándose las manos en su delantal.

Richard se moría de hambre, por lo que no habló mucho hasta después de comerse un par de bocados. Le preguntó a su abuela cómo había estado su día.

—Verena pasó a tomar un café y jugar backgammon.

—¿Se divirtieron? —preguntó Richard disfrutando del pan recién horneado.

—Tan sólo somos un par de viudas recordando días pasados en los que éramos jóvenes y hermosas.

—Sigues siendo muy hermosa, Oma. Sé que Herr Horsch opina lo mismo.

Oma rio.

—¿Qué te ha estado diciendo ese viejo?

—Me queda claro que te tiene mucho aprecio. ¿Acaso tú y él…?

—¿Ernst y yo? Jamás. Pero vaya que si él lo intentó. Es un hombre muy insistente. Incluso después de que me casé con tu abuelo no se rendía.

—Creo que sigue con esperanzas.

—¡Ah! Pero antes de que lo olvide, hijo, ayer te llegó una carta de tus padres. La dejé sobre tu escritorio, pero hoy que entré a limpiar vi que sigue cerrada. ¿No la viste?

A Richard se le hizo un nudo en el estómago, se le fue el hambre.

—¿Qué pasa, tesoro? ¿No te entusiasma saber de tus padres? ¿De Lutz?

—No es eso, abuela.

—¿Entonces?

—Sólo es que me preocupo. Siempre que escriben tienen malas noticias. ¿Sabías que a Lutz lo expulsaron del colegio por no aprender checo? Como si aprender un nuevo idioma fuera algo fácil. Papá no encuentra empleo. Mamá está tan triste que a veces le cuesta trabajo incluso levantarse de la cama. Así me lo dijo, Oma. No puede ni levantarse de la cama.

—Entiendo. No creas que yo la paso muy bien. Al fin y al cabo, es mi hija. Y a tu padre y a tu hermano los quiero igual que a ella. Pero si te mandaron una carta es para que la leas. Somos una familia, Richard.

Tenía razón, como siempre.

Oma le sonrió:

—Anda, trae la carta para que la leamos juntos.

Claro que otra vez las noticias eran malas. Los rumores de que Alemania invadiría la región de los Sudetes, donde se encontraba

Teplitz-Schönau, los habían forzado a irse a Brünn, una ciudad grande en la región de Moravia. Hubieran preferido ir a Praga, pero también estaba en la mira de Hitler.

Lo único bueno de que los nazis hayan entrado a Checoslovaquia, escribió mamá, *es que al menos los checoslovacos ahora odian a los alemanes más que a los judíos.*

Hemos alquilado un departamento de una habitación en las afueras de la ciudad. El área no es muy bonita, pero al menos hay árboles. ¿Recuerdas lo hermosa que era la Villa? ¿Recuerdas el bosque y los pájaros? ¿Recuerdas a Benno?

Estamos bastante apretados en este departamento, Richard, así que probablemente lo mejor para ti sea quedarte un poco más con Oma.

Tu padre, tras una búsqueda exhaustiva, consiguió empleo como cajero en una tienda departamental. El salario es bajo y el trabajo le avergüenza profundamente, pero por lo menos trae algo de dinero. Lutz de vez en cuando sale a jugar, pero aquí no parece haber muchos niños. ¿Habías oído de alguna ciudad sin niños?

Como probablemente te hayas dado cuenta por el tono de esta carta, estoy desesperada, querido Richard. Espero que tú y Oma estén bien. Me duele extrañarte tanto.

No pudo terminar de leerla, así que se la entregó a Oma, pidiéndole que le avisara si había algo que necesitara saber. Después corrió escaleras arriba a su habitación, donde por fin pudo soltar las lágrimas.

Richard hizo lo que pudo por seguir con su vida. De vez en cuando —por ejemplo, mientras cosía unos pantalones o remendaba un vestido—, sentía una punzada en el estómago. Era la tristeza. La culpa. La preocupación por Lutz. Y lo peor era que no podía hacer nada para ayudar a su familia. Y se repetía una y otra vez: "No puedes hacer nada excepto vivir tu vida y cuidar de Oma".

Una mañana, al llegar a trabajar —a las 7:45 en punto, como siempre—, Richard advirtió que, extrañamente, el foco de la sastrería estaba apagado. Tocó la puerta y después intentó abrirla, pero era claro que Horsch no estaba. Horsch prácticamente vivía en la sastrería. Comenzaba la jornada laboral muy temprano y se iba mucho después que Richard. Horsch era un viudo cuyo único hijo vivía en Zürich, un hombre que consideraba las amistades como una pérdida de tiempo; no tenía interés alguno fuera de su trabajo. ¿Qué más podría estar haciendo un miércoles por la mañana? Asustado, Richard miró a un lado de la calle, luego al otro. ¿Acaso se habían llevado al viejo Horsch? ¿Estaría enfermo? ¿Y si había sufrido un derrame cerebral mientras buscaba algo en la bodega?

Richard abrió la puerta con su llave.

—¿Hola? ¿Herr Horsch? ¿Está usted aquí?

Ya que la bodega no tenía siquiera un foco, Richard encendió la lámpara de gas antes de entrar.

—¿Herr Horsch?

Nada.

Tendría que llamarle a Oma desde un teléfono público para preguntarle la dirección del viejo.

Pero cuando estaba a punto de salir…

Un sobre. En su mesita de trabajo. Blanco, sellado.

Richard:
Me he tenido que ir. Cierra la sastrería y tira la llave en la zona más profunda del Lago Eckensee.

E. M. H.

También encontró en el sobre su paga de la semana.

Un sorprendido Richard caminó de vuelta a casa por el camino largo, tomando Silberburgstrasse y Alexanderstrasse.

—Algún plan tendrá —dijo Oma al escuchar las malas noticias—. No te preocupes por Ernst. Lo que necesitamos es conseguirte otro trabajo.

Y sin más, Oma se sentó en el sofá, sacó su pequeña agenda y comenzó a marcar el teléfono.

—Pero si ya no quedan más negocios judíos —dijo Richard.

—¿Cuándo te he fallado, querido?

Llamó a los Bortenstein, a los Wreszinski y a los Pluckers, pero ninguno respondió. Los Wolfenstern y los Perski dijeron que no tenían cómo ayudar. Los Jachman, los Inberg y los Sabatsky sugirieron que Oma llamara a Ernst Horsch, el sastre, pues tal vez él podría tener un lugar para Richard. Pero Oma no se permitió fallarle a su nieto. A la mañana siguiente Richard ya trabajaba en el último negocio judío de Stuttgart, Eisler & Rothbart, el mayor fabricante de ropa del sur de Alemania. Ropa, ropa y más ropa. Un tema que le había sido completamente indiferente a Richard hacía apenas unas semanas, ahora era lo más cercano que tenía a una profesión. Pero el trabajo en Eisler & Rothbart nada tenía que ver con su pasantía de sastre. Las instalaciones eran como salidas de un futuro hiperindustrializado: cientos de máquinas de coser, cada una con su propio operador, una tras otra en productivas filas.

—¿Que nunca habías visto una fábrica, Richard? —le dijo Patrick Eisler, hijo de Herr Eisler, al ver la expresión del nuevo empleado.

—Nunca una como ésta.

—Somos los mejores. Mi padre y Herr Rothbart convirtieron un negocio de dos máquinas de coser en el líder de la industria. No fue nada fácil.

Patrick estaba a cargo de la contaduría. Al terminar el tour de las instalaciones, llevó a Richard a su amplia oficina detrás de la sala de cortar.

—Me han dicho que eres un joven organizado, con buena disciplina —dijo Patrick.

—Es lo que creo, Herr Eisler.

Richard estaría a cargo de organizar los pedidos entrantes, recopilando información sobre estilos, tamaños y colores. Luego tendría que concentrar los pedidos en un formulario que después se convertiría en un pedido de sala de corte para la fábrica.

—Tu escritorio es aquél. Estarás junto a Kunitz, es un veterano, así que podrá responder cualquier duda que tengas. Empiezas mañana.

Antes de que Richard se retirara, Patrick abrió uno de sus cajones y extrajo una corbata café, justo como la que él portaba, con *E&R* bordado en la punta.

—Muchas gracias, Herr Eisler.

Richard estaba encantado, hasta eufórico. Esto era un trabajo mucho más serio que una simple pasantía con el viejo Horsch. Se sentía como un hombre respetable cada mañana al tomar el tranvía con maletín en mano. Les escribió a sus padres para contarles las buenas noticias; si ellos la estaban pasando mal, tal vez encontrarían consuelo en las buenas fortunas de su hijo.

Ahora bien, el trabajo en sí no era nada interesante. Trabajar para Patrick Eisler era algo laborioso que no requería mucho del cerebro, pero sí del rigor. Manejar tanto papel barato convirtió sus manos en lijas y Richard no tardó en acabarse la crema Van Herck de Oma. (Lo primero que hizo con su primer salario fue comprar algunas latas nuevas).

Un día, cuando volvía del carnicero, Richard vio a Alfred Liebster parado afuera de una taberna. Su amigo era ahora un hombre. Se veía seguro de sí mismo mientras fumaba un cigarrillo y hablaba con un par de chicas. Vaya, Alfred ya hasta tenía bigote. Mientras Richard debatía si debía o no ir a saludarlo, Alfred, casi como por ósmosis, volvió la mirada hacia él. Richard intentó esconder su nerviosismo al cruzar la calle hacia la taberna.

—¿Eres tú? —dijo Alfred—. No lo puedo creer.

Richard se cambió de mano el paquete de carne para saludarlo.

—Pensé que nunca te volvería a ver, Richard. Escuché que te habías ido a Checoslovaquia.

—Estoy de vuelta viviendo con mi Oma —respondió Richard, rechazando el cigarrillo que le ofrecía Alfred.

Le contó una versión censurada de su paso por Teplitz-Schönau, la triste historia de cómo no pudo entrar al colegio, le chismeó sobre Gabriela. Dejó fuera del relato el caos de Blask, la reciente mudanza de sus padres a un pequeño departamento en Brünn y que papá ahora trabajaba en una tienda departamental. No era que Richard se avergonzara, pero no quería que Alfred le tuviera lástima.

—Ahora las cosas van mejor. Conseguí un buen trabajo en Eisler & Rothbart. ¿Tu padre cómo sigue?

Alfred bajó la mirada.

—Bien. Se fue a Portugal con su hermano. Me escribe de vez en cuando.

—Me da gusto —dijo Richard. Sintiendo que había incomodado a Alfred, Richard cambió de tema—: ¿Tú qué has estado haciendo?

Alfred estaba por entrar a la facultad de Economía de la universidad. Además, jugaría futbol para F. C. Ostfildern. Richard le preguntó si tenía novia.

—¿Novia? —respondió Alfred con una sonrisa pícara—. ¡Tengo novias!

Bromearon como antes, pero a Richard le quedaba claro que Alfred ya no era su amigo. Las cosas se habían tornado demasiado incómodas y complicadas.

—Pero hablando de novias —continuó Alfred—, Lore seguro estará feliz de que volviste

—Desafortunadamente ella ya no vive aquí.

—¿A qué te refieres?

—Por todo lo que ha estado pasando, seguramente su familia…

—¡No! ¡Richard! Lore está en Stuttgart.

—Lo dudo, Alfred.

—Si yo la vi la semana pasada en el Café Falkenmayer.

Imposible.

—¿Cómo que la viste? Te habrás equivocado. Ella no va al Falkenmayer, va al Kuppel.

—Creo que el Kuppel…

—¿Ya no permiten la entrada a judíos?

—Te lo aseguro, Richard: vi a Lore y estaba sola.

Si Alfred le hubiera dicho que cuando vio a Lore ella iba de la mano del hombre más apuesto del mundo, Richard de cualquier manera la hubiera buscado. Necesitaba al menos hablar con ella. Aunque Lore ya no quisiera saber más de él, Richard tenía que dejarle claro que no era un simple sinvergüenza que dejaba plantadas a las chicas. ¿Tal vez podría darle otra oportunidad?

Corrió hasta casa de Lore. Tocó el timbre un par de veces. Dejó la carne empaquetada en el suelo para que sus brazos descansaran un poco. Esta vez una joven mujer de pelo rubio abrió la puerta. ¿Lore tenía una hermana?

—Buenas noches. Mi nombre es Richard Pick. ¿Podría hablar con Lore, por favor?

La pregunta pareció molestar a la mujer.

—¿Con quién?

—Creo que toqué el timbre incorrecto. Quería llamar al 3 B.

—Yo soy la del 3 B.

—¿Es el departamento de los Steiner?

—Los Steiner se fueron hace más de un mes, niño. Deja de molestar.

Ahora sí que estaba confundido. Alfred no era mentiroso y mucho menos cruel.

Corrió hacia el centro de la ciudad, hasta el Falkenmayer. Allí vio a una buena cantidad de judíos, pero no a Lore. No se quedó a esperarla por miedo a que la carne que le pidió Oma se pudriera fuera de la nevera.

Al día siguiente, a la hora de la comida, Richard tomó el tranvía de su trabajo al Falkenmayer. El lugar era caro, así que en vez de sentarse a comer, Richard entró, vio que Lore no estaba y salió. Había decidido que ella sí seguía en Stuttgart, sólo que en un departamento distinto. Eran tiempos de muchas mudanzas.

Comió el lonche que le preparó Oma, un sándwich de pescado y una manzana, sentado en una banca afuera del café esperando que Lore apareciera.

No lo hizo.

Richard apenas pudo concentrarse el resto del día. Intentaba hacer cuentas en su escritorio, pero a la mitad de sus operaciones se distraía pensando en Lore. ¿Estaba realmente en Stuttgart? ¿Por qué se mudaron de departamento? ¿Los Steiner la estaban pasando tan mal como los Pick? Kunitz lo despertó de una de sus tantas ensoñaciones del día:

—¿Qué tienes, Richard?

Él pretendió estar revisando unos documentos sobre su escritorio.

—¿A qué se refiere, Herr Kunitz?

—Te fuiste a comer antes de lo normal, volviste tarde y con la camisa desfajada…

—Lo siento, pero…

—Normalmente terminas tus labores antes de que finalice el día, ¡pero hoy no llevas ni la mitad!

—Me quedaré hasta terminar, Herr Kunitz.

—Un momento —dijo el señor acariciando su bigote de morsa.

¿Lo reportaría con Patrick? ¡Qué pensaría Oma de él si lo corrieran!

Kunitz le apuntó con el dedo índice.

—Todo esto es por una chica ¿verdad?

Richard no pudo más que sonreír.

—¡Lo sabía! Yo también fui joven hace mucho tiempo. Puedo reconocer el rostro de un enamorado.

Richard se sintió sonrojar. No sabía qué decir. Entonces sonó la chicharra de la fábrica que anunciaba el fin del día laboral.

—¡Vamos! —dijo Kunitz—. ¡Vete!

—Pero… todavía hay órdenes que…

—¡Dije que te largues, niño tonto!

—¿Seguro, Herr Kunitz?

—Vete con esa chica o te reporto con Patrick.

Richard tomó sus cosas y salió corriendo hacia el tranvía. En camino al Falkenmayer no dejó de mirar por la ventana para ver si encontraba a Lore. Una vez que se bajó cerca del café, se metió a una librería y le pidió a la encargada que le recomendara un libro.

—Nunca había visto a alguien comprar libros con tanta prisa —dijo ella.

—Voy en camino a ver a alguien. De hecho, ya voy tarde.

—¿Qué sería bueno para un joven inteligente como tú? ¿Qué tal *Los cuadernos de Malte Laurids Brigge*, de Rilke?

—Leí algunas cosas de Rilke en el colegio.

—¿Y te gustó?

—Mucho.

Richard pagó y se fue al Falkenmayer en compañía de su nuevo libro.

PARÍS, 11 de septiembre, rue Toullier.

> ¿De modo que aquí vienen a vivir las personas? Más bien hubiera pensado que éste es un lugar para morir. He salido. He visto hospitales. He visto a un hombre tambalearse y caer. La gente se reunió a su alrededor…

Había algo en la obra de Rilke —no tanto el contenido ni el estilo, sino algo casi místico— que le inflaba el corazón a Richard. Cuando había leído "Todos cuantos te buscan te tientan" en clase de Herr Schöck, Richard tuvo que salir al baño para controlar sus emociones. A la única persona a la que se lo confesó fue a Alfred, y recordarlo lo puso aún más triste que el mismo Rilke. Su amistad con Alfred se había ido. Para siempre. Alfred era la única persona fuera de su familia en la que había confiado plenamente.

Cada que alguien entraba al Falkenmayer, Richard levantaba la mirada para ver si era Lore o alguna de sus amigas. Se quedó allí en el café leyendo a Rilke hasta que el lugar cerró. Tal vez Alfred se había equivocado después de todo.

Richard continuó visitando el Falkenmayer cada vez que tenía un rato libre. Si nada más resultaba de esto, la experiencia por lo menos lo convertiría en un gran lector. Después de Rilke, Richard leyó *La riqueza de las naciones*, de Adam Smith, pues la economía le era un tema de gran interés. Después su compañera durante esos largos días fue *Historia de la decadencia y caída del Imperio romano*, de Edward Gibbon.

La búsqueda de Lore también resultó ser un buen distractor de la terrible situación en la que se encontraba Stuttgart. Increíblemente, el antisemitismo había empeorado todavía más. Ahora Richard ni siquiera podía viajar en el tranvía sin temor a que alguien lo insultara. No había vuelto a ver a Alfred, pero no era raro que se topara con algún viejo compañero de clase y que este compañero se hiciera de la vista gorda. En una ocasión, al toparse con Christian Hauke por la calle, Richard lo saludó y Christian simplemente, mirándolo a los ojos, le dijo no. Así, sin más: "No".

Eventualmente Kunitz dejó de asistir al trabajo, junto con algunos otros colegas de Richard. No se atrevió a preguntarle a Patrick el porqué de todas esas repentinas ausencias porque ya sabía cuál sería la respuesta. El ambiente en Eisler & Rothbart se tornó sombrío. Mientras que antes a Richard le entusiasmaba ir a la fábrica cada mañana, ahora lo sentía casi como un castigo, como si al sentarse en su escritorio cayera sobre sus hombros el peso de todo Stuttgart. Así que no le sorprendió mucho cuando, un día al llegar a trabajar, se encontró con las puertas de la fábrica cerradas. Patrick estaba parado sobre una caja de madera hablando con sus trabajadores. Como todo negocio rentable que era propiedad de judíos, Eisler & Rothbart había sido "arianizado", es decir, vendido (a la fuerza) a un propietario no judío a un bajo precio. Richard se quedó hasta después de que se dispersó la multitud para agradecerle a Patrick. El hombre, desconsolado, le reconoció a Richard su arduo trabajo y dedicación.

—Espero que ya estés planeando tu escape, muchacho.

—¿Mi escape? —dijo Richard.

—Esto se va a poner cada vez peor.

—¿Usted se va, Herr Eisler?

—La semana siguiente parto con mi familia a Bélgica. Tendremos que empezar de cero, pero prefiero eso a lo que sea que nos espera aquí.

Entonces se materializó una verdad que Richard había intuido desde hacía mucho tiempo: no podía quedarse en Alemania. Pasó los siguientes días leyendo a Gibbon y pensando en formas de salir del país. Estaba en un aprieto, sí, pero el ser humano era capaz de cosas impensables ante las más grandes adversidades. ¿Acaso no había derrotado Claudio a los mauritanos? ¿Que Antonino Pío no había lidiado con crisis tras crisis con total dignidad?

En cuanto a Lore, parecía que todo Stuttgart visitaba el Falkenmayer excepto ella. Y entonces, un día, mientras Richard leía sobre un pequeño levantamiento durante la *Pax Romana*, escuchó su voz:

—¿Qué lees?

Richard se quedó boquiabierto. ¡Lore! Con otra chica. ¿Quién era su amiga? ¡Qué importaba! ¡La encontró! O ella a él. Por fin se reencontraban y Richard estaba mudo.

—¿Tú también vienes al Falkenmayer? —dijo él, finalmente.

—Pensé que te habías ido.

—Pues… sí me fui con mi familia. A Checoslovaquia. Pero tuve que volver.

La amiga se fue a otra mesa. Lore se sentó frente a Richard y él no lo podía creer. Había estado pensando en ella durante tanto tiempo que verla en persona era como estar en un sueño. Su vestido de flores con mangas abullonadas no parecía real, como tampoco parecía real su pelo corto y rizado.

—Lo siento mucho —dijo Richard—. Llevo tanto tiempo queriendo disculparme contigo.

—Fue humillante. Estaba arreglada, esperándote en la sala. Mis padres querían conocerte. Y nada. Ni siquiera una llamada telefónica, Richard. Un caballero no hace eso.

Él le explicó lo que había sucedido, pero se estaba disculpando con la Lore equivocada.

Esta Lore no era la misma de la que se había enamorado previo a toda esta tragedia. Atrás quedaba la adolescente privilegiada y despreocupada. Así como Richard se había convertido en un hombre durante estos tiempos difíciles, ahora Lore era una mujer. Los obstáculos los habían endurecido.

Ella fue comprensiva y expresó preocupación por la familia de Richard. Él no pudo contarle todos los detalles porque le ganaba la tristeza.

Lore puso su mano sobre la de Richard.

—Comprendo tu dolor. Las cosas en mi casa tampoco van muy bien.

—Fui a buscarte hace poco. ¿Se cambiaron de departamento?

Al ser despedido de su trabajo el señor Steiner, la familia tuvo que mudarse al ático de Fredel, la tía de Lore.

—¿Tu padre tiene algún plan?

—México.

—¿México?

—Mi tía conoce al embajador mexicano en Suecia. Es una historia muy larga. Ella cree que tal vez él nos pueda ayudar.

México, pensó Richard mientras revolvía su café con una pequeña cuchara de metal. No sabía casi nada de aquel país. La idea de que Lore, la hermosa chica que había conocido en un partido de futbol, viviría en México se le hacía a Richard algo absurdo. Y doloroso. ¿Por qué el universo se oponía a que estuvieran juntos? Había reconocido a Lore como su alma gemela desde el primer momento en que la vio. Tal vez lo mejor hubiera sido nunca conocerla.

—Tu amiga te está esperando —dijo él.

—Sí, debo irme. —Otra vez, su mano sobre la de Richard—. Pero deberíamos vernos uno de estos días.

Fue un amigo de Oma quien le avisó a Richard sobre el grupo de judíos que se juntaba todo los miércoles a jugar futbol en una cancha junto a la estatua de Séneca. Afortunadamente Richard, un eterno optimista, no se había deshecho de su jersey y sus botines.

El campo era feo, con tierra en lugar de pasto, muchos baches y líneas descoloridas, pero aquel grupo de jóvenes trotando, pasándose la pelota de un lado a otro, estirándose… ver eso era como entrar al paraíso. Y por si eso fuera poco, el entrenador parado en el centro del campo no era sino Jules Gadermann. Richard lo reconoció de inmediato, pues el hombre había jugado para los Stuttgarter Kickers hasta que el equipo lo dejó ir poco después de la llegada de Hitler. Gadermann se veía imponente, si bien mucho más delgado que cuando aparecía en la sección de deportes del periódico.

Richard se presentó.

—Pareces portero —dijo Gadermann.

—A sus órdenes.

—Muy bien. Nos hacía falta un portero.

Esos partidos de los miércoles le dieron a Richard no sólo la estructura y el ejercicio que tanto le habían faltado, sino que le proporcionaron un lugar en donde verter su energía competitiva.

Finalmente, dos años después de que se conocieron, Richard y Lore fueron al cine. No había alguna película con Hörbiger o Haller, así que tuvieron que conformarse con ver la primera entrega de *Olympia,* un documental dirigido por la propagandista nazi Leni Riefenstahl.

Tras comprar los boletos, Richard y Lore decidieron que si la película era demasiado elogiosa hacia los nazis, como lo fue *El triunfo de la voluntad,* también de Riefenstahl, se saldrían de la sala. Pero no se salieron antes de terminar la película. De hecho, *Olympia* les encantó. A Richard se le ponía la piel de gallina cada que aparecía en pantalla el estadounidense Jesse Owens. ¿Cómo fue que Goebbels permitió que un negro apareciera de manera tan prominente en una película nazi?

Richard estaba feliz con Lore, pero no podía negar que las circunstancias eran algo tristes. La cita fue un recordatorio de que le habían robado sus años formativos de salir con chicas. Caminando por las calles de Stuttgart, mientras Lore hablaba sobre la película y otras cosas, a Richard le llegaron los nervios. Alguien de su edad debería haber ya aprendido a estar cómodo con alguien del sexo opuesto, pero a él, como si fuera todavía un niño, le sudaban las manos y el cuello.

Richard se disculpó cuando llegaron a casa de la tía de Lore. Ella frunció el ceño.

—¿De qué quieres que te disculpe?

Richard no pudo siquiera fingir una sonrisa.

—Me siento como un tonto por haber estado tan nervioso.

Lore rio.

—¿Y crees que yo he estado muy tranquila?

—Eso parecía.

—No seas ridículo, Richard. Los dos estuvimos nerviosos y aun así la pasamos de maravilla.

—A mí me dio mucho gusto verte.

—Deberíamos repetirlo.

Como disfrutaron tanto de la primera parte de *Olympia,* la semana siguiente fueron a ver la segunda. En esa cita caminaban más pegados y Richard se sentía mucho más cómodo en presencia de Lore. No había dejado de pensar en ella desde la cita pasada.

Cuando Richard se acercó a la taquilla para pedir los boletos, la mujer detrás del cristal lo miró enojada. Richard, confundido, repitió lo que ya había dicho:

—Dos entradas, por favor.

—*Juden?* —dijo la mujer.

—Pues…, sí…, pero tengo entendido que…

—Por favor, retírese.

—¿Qué?

—Este cinema no le permite la entrada a gente como ustedes. Como le dije, retírese.

Lore se puso frente a Richard y con su voz más dulce dijo:

—Verá, nosotros estuvimos aquí hace sólo unos días y…

—No me hagan llamarle a las autoridades.

Se fueron de allí cabizbajos. Lore propuso que visitaran un parque cerca de casa de su tía Friedel. Richard intentaba no mostrar su tristeza, pero no era fácil. ¿Cuánto faltaba para que también los vetaran del Falkenmayer?

El parque era de una belleza espartana: hierba corta rodeada de árboles frondosos. Tan pronto como se sentaron en el único banco, Lore comenzó a llorar. Richard la tomó entre sus brazos. Lo peor de todo era que no sabía qué decirle. Podría intentar convencerla de que todo había sido un error y que cuando volvieran al cine los dejarían entrar, pero Lore era demasiado inteligente para creer eso. ¿Podría honestamente decirle que todo esto se acabaría pronto, que estaría bien?

—¿Cómo lo haces, Richard?

—¿A qué te refieres?

—¿Cómo toleras todo esto sabiendo que tus padres y Lutz están lejos de aquí sufriendo igual, incluso hasta más que tú?

—Lo tolero —dijo Richard— porque no tengo otra opción. La idea de que mi familia viva en un hogar pequeño, sin apenas lo suficiente para comer, me atormenta todos los días, pero lo único que puedo hacer es sobrevivir. Yo sobrevivo, ellos sobreviven… tú sobrevives.

Ella lo besó. Fue un beso pequeño, incómodo e inesperado, y el rostro de Lore estaba cubierto de lágrimas, pero hizo que todas sus neuronas dispararan al unísono.

Richard se la estaba pasando genial jugando futbol el miércoles siguiente cuando vio a Lore parada en la línea de banda. Era la primera vez que ella lo veía jugar futbol desde que se conocieron en el mítico partido contra Tübingen. Richard sonrió. Algunas de las novias de sus compañeros de equipo se aparecían en los partidos de

vez en cuando y él siempre había esperado que un día Lore lo hiciera también, aunque no se había atrevido a pedírselo.

La saludó desde la portería mientras sus compañeros intentaban
anotar en el otro lado del campo. Pero en lugar de devolverle el
saludo, Lore le pidió que se acercara.

—¡No puedo! —gritó Richard—. ¡Estamos a medio juego!

Entonces ella comenzó a caminar hacia él. ¡Caramba! Si Gadermann, quien la hacía de árbitro en estos juegos, la veía, ¡le daría un
ataque! Una niña no podía simplemente entrar a la cancha durante
el encuentro. Estaba a punto de pedirle de la manera más cortés que
se saliera del campo, cuando notó algo en su rostro. Era una gran
preocupación.

—¿Qué pasó?

—Algo muy malo, Richard.

El portero contrario despejó el balón a uno de sus mediocampis-
tas y de repente todos venían corriendo hacia Richard. Viendo esto,
Lore se salió del campo. El equipo contrario realizó un par de pases
rápidos que terminaron con un flojo remate que Richard controló
sin problemas. Luego lanzó la pelota lo más lejos que pudo.

—Dime, Lore, ¿qué es?

—Hay algunos rumores circulando.

—¿Rumores? ¿De qué tipo? ¿Pasó algo con Oma?

—Tu abuela está bien, pero hoy por la noche…

—¿Qué? Por favor, dímelo.

—Mis padres escucharon un rumor por separado. Al parecer
hoy por la noche habrá un caos.

—¿Caos? ¿De qué hablas?

Gadermann sonó su silbato y corrió hacia Richard.

Maldición.

—¿Qué crees que haces, Pick? Estamos a medio juego ¿y tú
estás hablando con una chica? Si no tomas estos partidos con seriedad, no hay cuidado, Jörg podría jugar de portero.

Gadermann era afable y amistoso, pero para él el futbol era casi
una religión, incluso en este ambiente informal.

—Al parecer es una emergencia —dijo Richard.

El resto de los jugadores le gritaban a Gadermann que reanudara el partido.

—¿Qué tipo de emergencia?

—Se rumora que hoy por la noche habrá una gran represión en contra de los judíos —dijo Lore—. Nadie de ustedes debería estar en las calles.

Gadermann volvió a sonar su silbato, llamó a todos los jugadores. Le pidió a Lore que les repitiera lo que había dicho. Richard la abrazó, le dio las gracias, la besó en la mejilla y corrió a casa lo más rápido que pudo. En el camino, con sus botines resonando en el adoquín, Richard estaba cada vez más paranoico, desconfiando de todos. ¿La gente lo miraba porque era judío o porque corría como si se hubiera robado una barra de pan? Antes de llegar, en Horshstrasse, un grupo de soldados nazis comenzó a insultarlo.

Sintió un gran alivio al encontrarse a Oma tejiendo en el sofá de la sala mientras escuchaba a Beethoven.

—¿Qué pasa, hijo?

Richard, con el poco aliento que tenía, le informó de los rumores. Si Oma tenía miedo, no lo parecía. Con una expresión seria tomó la mano de Richard y lo llevó a la cocina, donde preparó dos tazas de té negro, cada una con su terrón de azúcar.

—¿Cómo es que tu amiga se enteró de todo esto?

—Sus padres tienen amigos cristianos.

Pero es sólo un rumor.

—Eso dijo ella.

—Hoy que limpiaba tu recámara noté que has acumulado una gran biblioteca.

—Leo para pasar el tiempo.

—¿Sabías que Elie Warburg murió la semana pasada? El pobre estaba ya muy viejo. Viktoria está vendiendo sus libros. Tal vez podemos pasar mañana a saludarla y así le compramos unos.

—Está bien, Oma. Gracias.

—¿Ahora que estás leyendo?

—Una novela de suspenso sobre la invasión británica de Camerún.

—Muy bien, hijo. Esto es lo que vamos a hacer: yo volveré a la sala con mi tejido y tú me acompañas con tu novela. Pasaremos el resto de la tarde allí, yo tejiendo, tú leyendo, y ojalá no pase nada malo en las calles. En caso de que sí pasara algo malo, nosotros estaremos a salvo aquí.

Primero se escuchó un grito. Después cánticos, seguidos por el inconfundible ruido de cristales rompiéndose. Ya era de noche. Richard podía sentir el miedo de Oma.

—Parece que los padres de la bella Lore tenían razón —dijo la abuela al poner su tejido en la mesa.

Richard fue a la ventana pero no podía ver bien lo que ocurría en la Marktplatz, pues algo se quemaba y el humo obstruía su visión. Le pidió permiso a Oma para subir a la azotea y así tener una buena perspectiva.

—Creo que lo mejor es que te quedes aquí conmigo.

Pero las cosas se ponían cada vez peor, más y más vidrios rotos, disparos…

Richard y Oma subieron al techo y, al llegar, no pudieron creer lo que veían. Era como si una bomba hubiera caído sobre Stuttgart. La sinagoga, por ejemplo, se había convertido en una gran chimenea de la que salía una columna del humo más negro. Hordas de personas habían tomado las calles, cantando y gritando, pintando estrellas de David en los pocos negocios judíos que quedaban para luego romper sus ventanas.

Los disturbios continuarían un par de días más. Un pogromo organizado por el gobierno, disfrazado de levantamiento popular, incendió doscientas cincuenta sinagogas en toda Alemania, destruyó y saqueó miles de hogares y negocios judíos, arrestando también a cientos de personas sin justificación. Richard y Oma casi no durmieron durante esas cuarenta y ocho horas. Ya que la casa se localizaba justo al centro de la ciudad, los ruidos y el humo estaban demasiado presentes para poder ignorarlos. La mayor parte del tiempo se quedaron en la sala, escuchando las mentiras que decían en la radio, Oma tejiendo y Richard intentando leer su novela. Sus pensamientos estaban con Lore. ¿Estaría a salvo? ¿Y sus padres? ¿Y los padres de Richard? ¿Y Lutz? La ansiedad era casi insoportable.

Poco después de las cinco de la mañana del segundo día de disturbios Richard se levantó de la cama sobresaltado por fuertes golpes en la puerta. Se encontró con Oma en el pasillo.

—¡Espera! —dijo ella—. No abras.

—Pero tirarán la puerta.

Al momento en que Richard abrió, un impacto en el pecho lo tiró de espaldas. El segundo soldado en entrar puso una bota en la entrepierna de Richard mientras el primero peinaba la casa.

—¿Qué quieren? —preguntó Richard.

El soldado parado sobre él le pateó el rostro y lo arrastró a la sala, donde Oma, de bata, estaba sentada en el piso, temblando. El primer soldado puso la casa patas arriba, rompiendo lo que fuera que se interpusiera en su camino, mientras que su compañero no apartaba el cañón de su Karabiner 98k de la cara de Richard.

Tras una larga interrogación y una minuciosa revisión de los documentos de Richard y Oma, los soldados por fin se retiraron. Si Richard hubiera tenido ya los dieciocho años y Oma hubiera sido un poco más joven, ambos hubieran quedado detenidos.

Jules Gadermann estuvo entre los que desaparecieron durante lo que se conocería como Kristallnacht, "La noche de los cristales rotos". Los muchachos intentaron continuar con sus juegos de los miércoles, pero no era lo mismo sin la presencia de Jules. Los tíos de Richard, Leo y Alice, también desaparecieron.

Richard comprendió que tenía que escaparse lo antes posible, pero una de las muchas contradicciones de los nazis era que, aunque presionaban a los judíos para abandonar el país, hacían de esta tarea algo casi imposible. Sólo aquellos con mucho dinero o alguna conexión en el extranjero lograban escapar.

Decidió que su mejor oportunidad sería entrar al sistema de cuotas de los Estados Unidos. Su tío Julius, quien para entonces estaba más que asentado en Long Island, en el estado de Nueva York, accedió a enviar una declaración jurada a la embajada estadounidense y les aseguró que él sería responsable de Richard una vez que llegara a ese país. Eso sin duda le daría una ventaja entre los demás aspirantes. Pero el patrocinio de Julius no fue suficiente. A Richard los americanos le asignaron el número 22,776, lo cual significaba que tendría que esperarse al menos dos años para poder solicitar la visa.

Inglaterra por fin empezaba a dar un número limitado de visas, pero se las entregaban casi exclusivamente a familias con niños. Cuando Richard fue a la embajada británica para anotarse en la lista de aspirantes, se encontró con un sonriente Liesel Wertheimer, jugador de los partidos de los miércoles, quien había ido a recoger su documentación. Gracias a las conexiones del señor Wertheimer en Inglaterra, los Wertheimer pronto saldrían para Brighton. Sintió una punzada de envidia, pero aun así sonrió y abrazó a su amigo, deseándole una feliz vida entre los británicos. Una semana después, sin embargo, Richard recibió la noticia de que un submarino alemán había hundido el barco en el que iban los Wertheimer, matando a todos sus tripulantes.

El señor Steiner organizó el traslado de su familia a México tan pronto como recibió las visas.

Algunos días después Richard acompañaba a Lore a la estación de trenes. Estaba desconsolado, pero también feliz de que Lore ya no sería sometida a la tortura de ser judía en el Reich. Los Steiner, quienes ya se habían encariñado con Richard, se veían muy nerviosos cuando se despidieron de él para subirse al tren. Lore, con lágrimas en las mejillas, les pidió permiso a sus padres para ir a comprar un sándwich, cuando en realidad lo que quería era pasar un último momento a solas con Richard.

—No tardes, hija.

Lore llevó a Richard a un rincón oculto detrás de la taquilla. Ríos de personas, muchos de ellos judíos emigrantes, fluían a ambos lados.

Se abrazaron y se besaron con lágrimas en los ojos.

— Te amo —dijo ella.

—Yo también te amo.

Era la primera vez que se decían esas palabras y probablemente también la última.

—Me necesitaba. Y yo con gusto le ayudé.

—Comenzó con la estampilla postal, si no me equivoco.

—Ya nos conocíamos. Yo era, al fin y al cabo, su director de Correos.

—Pero fue su idea hacer la estampilla con el rostro de Hitler.

—Necesitábamos dinero. Un gobierno pobre nunca es un gobierno eficaz. Así que había una cierta presión para proponer ideas innovadoras.

—Y… la estampilla funcionó.

—Ganamos millones.

1940

Stuttgart, Alemania

Las reglas en contra de los judíos pasaron de la crueldad a lo absurdo. Ya hasta se les prohibía comprar periódicos y todos sus radios fueron confiscados. En las mañanas, antes de ir a su trabajo de albañil, Richard se paraba un momento afuera de las oficinas del *Stuttgarter Tagesblatt* para leer los encabezados del día. Todos los días Richard se encontraba allí con otros judíos intentando leer las noticias de la manera más discreta posible. De vez en cuando, mientras leían noticias horribles sobre, por ejemplo, la invasión alemana a los Países Bajos, Richard y otro judío preocupado se miraban con conmiseración, como preguntándose si la pesadilla algún día terminaría.

Cada vez más parecía que el fin de la guerra vendría cuando el resto del mundo se hincara ante Hitler. Durante los horribles días de la Batalla de Dunkerque, todas las mañanas Richard leía que los alemanes habían hundido más barcos británicos, que subía el estratosférico conteo de muertos. En una ocasión apareció una caricatura de Churchill en traje de buzo, con su famoso puro entre los labios, bajando unas escaleras hasta el fondo del océano, donde se habían asentado todos los barcos de guerra ingleses. Alemania no sólo vencía a sus enemigos, los aniquilaba.

Richard pudo conseguir trabajo en la construcción porque, debido a la necesidad, los nazis les permitían a los judíos participar en esa industria. Mientras que hacía apenas unos años soñaba con estudiar medicina y jugar para el VfB Stuttgart, ahora estaba más que agradecido de haber sido contratado como ayudante de yesero para la empresa A. Bopp. El trabajo era en Feuerbach, un suburbio de Stuttgart, por lo que Richard tuvo que obtener un permiso especial para viajar a esa ciudad. Trabajaba mucho, pero su salario era raquítico. Además, Richard sufría por el ambiente hostil. El antisemitismo, peor que nunca, empeoraba día a día. Sus colegas casi ni lo miraban y ni se diga de entablar alguna conversación.

Por eso Richard se emocionó cuando, un día mientras trabajaba la renovación exterior de un edificio, una inquilina de la planta baja, una mujer robusta de pelo recogido, comenzó a charlar con él desde la ventana de su cocina. Para que la inquilina no lo ignorara como sus compañeros, Richard le dijo que era un inmigrante checoslovaco. Cuando a él le tocó un descanso, la mujer le pasó una taza de porcelana llena de delicioso café y comenzó a hablarle de su vida personal. Ella debía estar casi tan sola como él, pensó Richard mientras la mujer le contaba sobre su esposo y sus hijos ingratos, sus hermanos desvergonzados, sus vecinos maleducados. Una vez que volvió al trabajo, algo aburrido ya de la inquilina, ella le mencionó de paso algo sobre un primo que trabajaba en la Oficina de Emigración Judía.

—¿Oficina de Emigración Judía? —preguntó Richard fingiendo indiferencia—. ¿Qué es eso?

—Verás, muchacho, los judíos son astutos, pero también estúpidos. El gobierno ha tenido que crear toda una oficina para instruirles sobre los permisos y documentos que necesitan para salir del país. ¡Los muy necios no se van!

Richard sintió ganas de abrazar a esa terrible mujer antisemita.

La OEJ estaba en un edificio gris, gigante y viejo. Adentro había fila tras fila de burócratas hablando con emigrantes potenciales. A la derecha, una gran sala de espera llena de sillas de madera estaba llena de gente agotada por estar ahí.

Le llevaría una eternidad llegar a algún burócrata, quien probablemente terminaría diciéndole que no podría ayudarlo. Por eso había venido de traje y corbata. Al acercarse a una de las recepcionistas, Richard dijo, en su tono más profesional, que necesitaba ver al gerente de inmediato. Ella, apática y harta, ni siquiera lo miró al apuntar hacia la puerta de su jefe.

Richard respiró hondo y tocó un par de veces. El gerente le preguntó qué quería y Richard, como si nada, respondió que le habían dicho que la oficina tenía vacantes. Agregó que se había graduado de la escuela de Herr Lammert y que de seguro podría ser de gran uso para la institución.

—Ah, claro —dijo el señor—. Habrá sido Herr Becker quien te mandó.

Era un nombre que Richard, claro, no conocía.

—Precisamente —respondió.

Y fue así como pasó de la albañilería a la OEJ. Herr Becker era el encargado de todas las cuestiones relacionadas con el dinero en monedas extranjeras. Día tras día, Herr Becker y Richard ayudaban a los futuros emigrantes a cumplir con el Reichsfluchtsteuer, el impuesto que el Reich exigía a los judíos por salir del país. Bueno, aunque era más un robo que un impuesto. Había una ley, por ejemplo, que requería que todos los judíos entregaran la totalidad de sus objetos de oro y plata al gobierno, con la sola excepción de sus anillos de bodas.

Luego, apenas unos días después de su cumpleaños dieciocho, Richard fue transferido al departamento legal, lo cual le obligaba a hacer visitas constantes al Reisebuero Romminger, una agencia de viajes, para procesar reservas para los judíos que esperaban viajar a puertos como Amberes, Barcelona y Bilbao. Le sorprendió darse cuenta de que algunas personas incluso habían obtenido visas chinas y se irían de Alemania en ferrocarriles sellados a través de Siberia durante tres semanas.

Herr Kittlaus, el gerente de la agencia, quien no tenía idea de que Richard era judío, siempre lo saludaba con un orgulloso "Heil Hitler!" A Kittlaus le agradaba Richard y a menudo charlaba con él acerca de futbol o se ponía sentimental sobre lo feliz que estaba con los esfuerzos bélicos de Alemania.

—Somos descaradamente superiores a nuestros enemigos —decía el hombre quien, debido a problemas respiratorios, no había podido participar en la Gran Guerra.

Era una verdad comúnmente aceptada que los nazis tomarían Europa, pues Hitler se había ganado el apoyo de su pueblo con una serie de victorias tempranas.

Richard se sorprendió una tarde cuando, al llegar al Reisebuero Romminger, Fräulein Fick, la recepcionista, le dijo que Herr Kittlaus quería verlo de inmediato. Temió lo peor, por supuesto. Tal vez Kittlaus había descubierto que Richard era judío y le prohibiría la entrada a su agencia en el futuro. ¿Perdería entonces su trabajo en la OEJ?

—¡Amigo! —dijo Herr Kittlaus cuando Richard entró a su oficina. El pequeño hombre estaba fumando puro y tomando una copa de Underberg. Richard nunca lo había visto tan feliz.

—¿A qué se debe la celebración?

Herr Kittlaus sirvió otra copa del licor para Richard. No era tan asqueroso como el Slivovitz, pero hubiera preferido una cerveza.

—Richard, como bien sabes, yo tengo una que otra conexión en el gobierno. —El gerente de la agencia acostumbraba presumir sobre sus amistades en los altos niveles del Reich—. Han llegado a mis oídos muy buenas noticias.

—Compártalas, por favor, Herr Kittlaus.

—El cumpleaños de nuestro Führer se aproxima.

—Todo buen alemán sabe que es el 20 de abril.

Herr Kittlaus le dio un gran trago a su Underberg.

—Si te digo algo, Richard, ¿prometes no compartirlo con nadie? Es información altamente confidencial. Puedo confiar en ti, ¿verdad?

—Señor, yo a usted lo respeto y lo admiro.

No había una sola cosa que Richard respetara o admirara de Kittlaus.

—Ha decidido celebrarlo aquí.

Richard sintió un gran nudo en el estómago.

—Se refiere a…

—¡En Stuttgart! ¡En nuestra gran ciudad! De entre todas las ciudades alemanas. Eso debe significar que algo tenemos de especial, ¿no lo crees?

Richard siempre le daba la razón a Kittlaus. El señor continuó:

—Esa mañana tendremos que llegar a la Marktplatz muy temprano para conseguir un lugar cerca de nuestro adorado Führer.

Richard empezaba a sudar.

—¿Así que el evento será en la Martkplatz?

—¡Dónde más!

Richard y Oma se habían salvado de ser enviados a los campos de concentración, pero seguramente los nazis no dejarían a dos judíos viviendo a escasos metros de la celebración del cumpleaños de Hitler. ¡Limpiarían toda la zona de judíos!

—¿No sería más conveniente tener el desfile por Königstrasse?

Kittlaus, fumando su puro y mirando al vacío, ignoró la pregunta de Richard.

—Nos eligió a nosotros, Richard. Nos eligió a nosotros porque somos especiales.

Ese sábado, al amanecer, irrumpieron en casa de Oma cinco nazis: tres tenientes, un comandante y un general mayor. El general, calmado, se comportaba cortésmente con Richard y Oma en la mesa del comedor mientras que sus subordinados revisaban los cuartos.

—Así que tú cuidas de tu frágil Oma —dijo el general mientras revisaba los documentos que le habían entregado. Le preguntó a Richard a qué se dedicaba y éste le respondió.

—¿Entonces eres una secretaria? —agregó el comandante.

Richard no cayó en su provocación.

—Ya se habrán enterado dónde va a celebrar su cumpleaños el Führer —dijo el general.

—En efecto —dijo Oma—, y le aseguro que le daremos una calurosa bienvenida.

—Vaya —respondió el general—, cuánto entusiasmo de su parte.

—Estamos muy contentos de que haya elegido a Stuttgart.

—Por supuesto, por supuesto —dijo el general—. El asunto aquí es su casa, no sólo por el aspecto decorativo, sino por tener un gran valor estratégico en términos de seguridad. —El general se levantó y puso sus brazos sobre los hombros de dos tenientes—. Estos jóvenes que me acompañan se asegurarán de que todo esté en orden hasta el día del evento. Son buenos hombres, siempre y cuando se les obedezca.

—No tiene de qué preocuparse —dijo Oma.

—El joven Richard podrá continuar asistiendo a su lugar de trabajo, pero al terminar cada jornada laboral debe volver de inmediato aquí. No quiero ningún desvío, nada de pararse a charlar con otros judíos. ¿Entendido, Richard?

—Entendido, general.

—El día del evento ninguno de los dos sale de esta casa bajo ninguna circunstancia. De ahora al 20 de abril mis hombres son los dueños de esta casa y ustedes sus sirvientes.

Esto no estaba ni cerca de los horribles escenarios que había imaginado Richard al ver a los soldados. Era tanto su alivio que hasta sonrió.

El comandante caminó hacia Richard y se puso de cuclillas, movimiento que hizo rechinar sus altas botas de cuero.

—¿Por qué tan contento, Herr Pick?

—Estoy emocionado por el cumpleaños de mi Führer.

Los días previos a la celebración no fueron fáciles. En todo momento entraban y salían soldados de casa de Oma —no nada más los que habían venido con el general—, riéndose, dando portazos, rompiendo lámparas y vasijas para divertirse. El frente de la casa fue cubierto con un estandarte de la esvástica, de unos cinco metros de altura, y un estandarte de unos dos metros cuadrados con el escudo personal de Hitler: una esvástica rodeada de hojas doradas y un águila dorada en cada esquina.

El día del desfile, cuatro soldados y un teniente, todos nuevos, llegaron a casa de Oma. Uno de ellos, de nombre Herrlich, parecía disfrutar tener a Richard y a Oma de prisioneros. Mientras que el teniente vigilaba la plaza con binoculares y los demás soldados hacían lo mismo desde el techo, Herrlich se quedó en la sala para asegurarse que Richard y Oma no hicieran nada indebido. De vez en cuando el soldado le daba alguna orden a Richard usando el cañón del rifle como si fuera su dedo índice.

—Oye, idiota —le dijo Herrlich a Richard apuntándole con el rifle en el rostro. Después, apuntando el arma hacia la cocina—, prepárame un café.

Desde donde estaban sentados, ni Richard ni Oma podían ver el desfile. Sin embargo, sí podían escuchar los aviones volando bajo, las cientos de botas marchando y la música alegre de la orquesta. Herrlich poco a poco se fue olvidando de sus prisioneros y terminó parado junto a su superior animando al celebrado desde la ventana.

Al final del largo discurso de Hitler, durante la eufórica ovación de la gente, el teniente llamó a Richard.

—Mira —le dijo señalando a Hitler mientras éste bajaba del escenario hacia su Mercedes-Benz.

Richard no supo qué decir, así que se quedó allí parado en silencio mientras el Führer se alejaba entre una caravana de motocicletas.

En la OEJ se hizo de un amigo, un muchacho judío de nombre Herbert Dreyfus. Ambos se hacían buena compania. Hablaban de futbol, de cine y de lo mucho que extrañaban a sus respectivas novias. (La de Dreyfus había huido con su familia a Paraguay, una tierra tal vez más exótica que México).

Una tarde al terminar de trabajar, Herbert le preguntó a Richard si le importaría que lo acompañara en su trayecto a casa de Oma.

—Si quieres platicar podemos ir por un café —dijo Richard.

—No es necesario. —El tono de Herbert era más serio que de costumbre.

Caminaron separados a la estación, Herbert algunos pasos adelante de Richard, el cual notó que su amigo cojeaba. ¿Le había pasado algo?

Tan pronto como se sentaron en la parte trasera del tranvía, Richard le preguntó por qué actuaba de manera tan extraña. Herbert, asegurándose que nadie los miraba, comenzó a desabotonarse la camisa. Ahora Richard se sentía aún más confundido. El torso de Herbert estaba cubierto de moretones.

—¿Qué te pasó?

Herbert le dijo que bajara la voz mientras se abotonaba la camisa.

—Ayer por la noche vinieron por mi tío —susurró—. Lo único que hice fue preguntar por qué se lo llevaban y me dieron una paliza. Son unos animales, Richard. Pensé que me iban a matar. A mi tía le botaron dos dientes.

A Richard lo invadió una profunda tristeza.

—Lo siento mucho —dijo.

—Eso no es suficiente, amigo. Lo que necesito es ayuda.

—Sabes que cuentas conmigo.

—¿Por qué seguimos en Alemania? —preguntó Herbert—. Ayer se llevaron a mi tío; mañana vendrán por nosotros.

—Fui a la embajada americana.

Herbert encendió un cigarrillo.

—No me digas, te dieron el número veinte mil y tantos. A mí también. Es prácticamente una sentencia de muerte.

—¿Tu tía está bien?

—Ya se recuperará.

Justo en ese momento, media docena de soldados abordaron el tranvía. Los chicos cambiaron el tema.

Se refugiaron en el ático de Oma, el mismo ático donde Richard y Lutz solían jugar despreocupadamente en la infancia. Richard desplegó su mapa del mundo en el suelo y ambos se sentaron para estudiarlo.

—¿Cuáles son nuestras opciones? —dijo Richard.

—Debemos tocar todas las puertas.

Con una pluma fuente, Richard dibujó una X sobre aquellos países que ya estaban ocupados por los nazis: Francia, Checoslovaquia, Noruega, Dinamarca y Austria, así como un par en el norte de África. Luego hicieron una lista de todos los países que quedaban, del más al menos atractivo, con Estados Unidos en el primer lugar y México y Paraguay empatados en segundo.

Al terminar su siguiente jornada laboral, Herbert y Richard se robaron un par de cuadernillos de papel mimeografiado de la OEJ y se los llevaron al ático. Usando la gigantesca Remington 10 de Oma, tomaron turnos escribiendo cartas a cuarenta y siete diferentes países pidiendo asilo. Luego cada quien firmó sus cartas y las metió en sus respectivos sobres. Junto con sus casi cincuenta cartas de asilo, Richard envió una más con destino a México, una carta de amor a su querida Lore.

Para mantenerse ocupados mientras esperaban las respuestas, Herbert y Richard se juntaban en las tardes para estudiar inglés. Ambos habían intentado aprender el idioma por su cuenta y decidieron que sería mejor trabajar en equipo. A Richard esas tardes le recordaban las que pasaba con Alfred. Todo había sido tan simple en ese entonces, tan inocente.

Tanto Richard como Herbert comenzaron a sentir una gran desesperanza cuando, después de unas semanas de haber mandado las cartas, las respuestas seguían sin llegar. Entonces, al fin, un día Richard volvió del trabajo para encontrarse con un par de sobres que Oma colocó en su escritorio. Uno era del consulado boliviano y otro del dominicano. (Hasta había olvidado que solicitaron una visa para República Dominicana).

En lugar de abrir los sobres, se los llevó todavía sellados a casa de Herbert, pues consideraba desleal recibir alguna buena noticia antes que su amigo. Para entonces Herbert vivía solo, pues su tía ya también estaba en un campo de concentración. Lo halló parado afuera de casa de sus tíos fumando un cigarrillo. Su cara larga lo decía todo: había recibido los mismos sobres y no contenían buenas noticias.

A los pocos días llegó la negativa del consulado chileno, luego del portugués, seguido por el no de Suecia y después un puñado más. El rechazo de México fue especialmente doloroso, pues Richard soñaba con compartir el resto de su vida con Lore en aquel país latinoamericano. Habían perdido toda esperanza cuando un día llegaron juntos a casa de Herbert y se encontraron tres sobres. El primero era un terso rechazo de los ingleses. El segundo, también negativo, era de los argentinos. El tercer sobre provenía de la embajada de Liberia.

—Es más grueso que los otros —dijo Herbert entregándoselo a Richard.

—Tengo un buen presentimiento.

—¿Lo abrimos?

—No, espera.

Richard estaba tan nervioso de camino a casa de Oma que por momentos se le olvidaba respirar.

Oma tejía tranquilamente en la sala.

—¿Me llegó algo? —preguntó Richard.

Oma ni siquiera había respondido cuando ambos jóvenes ya subían apresuradamente las escaleras. Además de los rechazos de Argentina e Inglaterra, Richard había recibido también uno de Ecuador. Y allí estaba el sobre de Liberia.

—Abrámoslos al mismo tiempo —dijo Herbert—. Una, dos y…

Dentro de cada sobre, junto con una carta extensa y algunos formularios, había un pedazo de cartón grueso y barato con la palabra VISA escrita en la parte superior.

Herbert y Richard se abrazaron, saltaron y bailaron.

—¡Somos africanos! —dijo uno.

—¡Hurra! —exclamó el otro.

Al terminar la celebración, Richard fue al baño y Herbert bajó con Oma. Cuando Richard llegó a la cocina, el gran ánimo de Herbert se había desvanecido. Oma tenía la carta entre sus manos.

—¿Qué pasó?

Su abuela le entregó la hoja.

—Son visas de viaje —dijo Herbert.

—Pero si solicitamos permanentes.

En su gran emoción, los chicos no se habían molestado en leer bien la carta. No fue hasta que Herbert se la entregó a Oma que ella se dio cuenta de lo sucedido.

Bueno —dijo Richard—, entonces Liberia no marcará el final de nuestro viaje, sino sólo el comienzo.

Podía sentir que Oma se enorgullecía de su optimismo.

Richard le explicó a Herbert que, trabajando en la OEJ y con las visas liberianas, ya estaban muchos pasos adelante de la mayoría de los judíos con esperanzas de emigrar.

A la mañana siguiente, llegando a la Reisebuero Romminger, Richard fue directamente con Fräulein Fick. Le contó la historia de un par de jóvenes judíos que habían recibido visas para Liberia pero que en realidad querían terminar en España.

—Pobres —dijo ella.

—Lo que quieren es ir a España bajo la apariencia de que será únicamente una escala previa a Liberia, pero quedarse allí.

Fick miró a un lado y al otro. Le dijo en una voz muy baja, casi inaudible:

Sé que eres judío.

Richard pensó en negarlo, pero sería inútil.

—¿Cómo?

—Por como actúas cuando el jefe habla de su amor por Hitler. Él mismo no se da cuenta sólo porque es muy egocéntrico y obtuso.

Richard colocó su pasaporte y su visa liberiana sobre la mesa.

—Muy bien, Herr Pick. Estaba esperando que te fueras de aquí. Las cosas se están poniendo muy mal.

—Pero no tengo dinero para el boleto…

—¿Quieres que me despidan? Tengo tres niños y mi marido está desempleado.

Al abrir Herr Kittlaus la puerta de su oficina, Richard de inmediato escondió sus papeles entre otros documentos.

—¡Ah! —dijo el señor—. Mi gran amigo Richard. *Heil Hitler!*

—*Heil Hitler.*

—¿Necesitabas algo de Fick? —continuó Kittlaus. ¿Acaso sospechaba de algo? ¿Los había estado observando desde su oficina?

—Nada importante —dijo Richard—. Tan sólo pedirle unos documentos que se traspapelaron. Ya está todo en orden.

—No me digas que mi secretaria anda descuidada.

—Para nada, Herr Kittlaus. El error fue completamente mío. De hecho, Fräulein Fick me ha sido de gran ayuda.

Aterrorizado, Richard desvió el tema a la reciente invasión italiana a Grecia. Kittlaus sonrió, sacando el pecho.

—¿No te dije que Mussolini sería un gran aliado? ¿No te lo dije, Richard? Sé alguna que otra cosa de estrategia militar. Que no se te olvide.

—Honestamente, señor, desde que nos conocemos no han dejado de sorprenderme sus instintos en temas bélicos.

Herr Kittlaus se dirigió a Fräulein Fick:

—En cuanto terminen sus asuntos ven a mi oficina. Tengo unas cartas que dictarte.

El hombre estrechó la mano de Richard y se retiró.

—Lárgate —dijo Fick. Las manos le temblaban.

—Anja —le dijo Richard—, necesito de tu ayuda.

—Si crees que te voy a falsificar un boleto a Liberia, estás loco.

—Dos boletos, Anja.

—No sólo perdería mi trabajo, sino que terminaría en un campo de concentración. ¿Entonces quién cuidará de mi familia? Lárgate de aquí antes de que le diga todo a Herr Kittlaus.

—Haremos el viaje y nadie se enterará. Lo prometo.

—Ésa es una promesa que alguien en tu situación no puede hacer.

—Bueno —dijo Richard, ya algo alterado—, pero debes saber que estás firmando mi sentencia de muerte. Estás siendo cómplice de ellos.

—Baja la voz.

Richard pudo ver que avanzaba en su argumento.

—Te prometo, Anja…

—Me voy porque mi jefe me necesita —dijo ella—. Aquí, en el cajón de abajo, está la papelería oficial. Ni se te ocurra abrirlo. Si sigues aquí cuando vuelva, no tendré otra opción que llamar a la policía.

Tenía que ser una invitación disfrazada de advertencia. Al menos así lo tomó Richard. Tan pronto como Fräulein Fick dejó su escritorio, Richard se puso su sombrero, dio un paso hacia la silla de la secretaria y se inclinó como si fuera a amarrarse las agujetas, dejando a un lado su portafolios. Muy atento a que nadie lo viera, Richard abrió el último cajón. De haber abierto Herr Kittlaus la puerta en ese momento, a Richard sin duda lo hubieran ejecutado, en la calle y a la vista de los empleados de la agencia.

Metió una mano al cajón y, sin siquiera ver lo que había dentro, tomó algunas hojas de papel y las metió a su portafolios. Temblando, Richard se levantó y caminó a la salida, pero no sin antes robarse un sello de un escritorio desocupado.

Caminó tranquilamente hasta la esquina y de allí corrió lo más rápido que pudo hasta la OEJ, donde por fin pudo revisar los papeles.

Herbert se le unió de inmediato.

—¿Cómo te fue?

—¡Las tengo! —dijo Richard.

Herbert respiró con alivio.

Al día siguiente, cuando Richard se presentó a la Reisebuero Romminger, Fräulein Fick actuó como si nada hubiera pasado.

Ya falsificadas sus reservas de España a Liberia, Richard y Herbert ahora necesitaban visas de tránsito al país europeo. No sería nada fácil.

Para empezar, tendrían que hacer el trámite en persona, en el Consulado de España en Múnich, algo que requería tiempo y dinero. Además, no sabían cuánto duraría el proceso o incluso si, aun teniendo la reserva, les entregarían las visas de tránsito. Lo que más les asustaba era la posibilidad de que el consulado le llamara a Herr Kittlaus para verificar la reserva, algo no poco común para ese tipo de trámites.

Richard se ofreció como conejillo de indias para ir a Múnich. Si le daban la visa, entonces Herbert haría lo mismo.

No tuvo mayor problema consiguiendo un permiso de la Gestapo para visitar Múnich, pues lo hacía con el fin de emigrar a otro país. Cuando mostró este permiso, en la OEJ le dieron un par de días libres. Así que Richard empacó una pequeña maleta con su pasaporte, la visa liberiana, la reserva y una muda de ropa.

—Te estás arriesgando demasiado —dijo Oma aquella mañana mientras Richard bebía su taza de café.

—No tengo otra opción.

—¿Y si te investigan?

—Mejor no pensar en eso, Oma.

Hacía mucho tiempo que Richard había desistido de convencer a su abuela de emigrar. Ella siempre se negaba, explicándole que, antes que nada, era una mujer alemana, una stuttgartense, y nunca, sin importar lo que pasara, viviría en otro lugar.

En la OEJ Herbert coqueteaba con una chica cristiana llamada Henrietta. Henrietta era una joven inteligente, además de ser progresista y atrevida. Su familia vivía en Múnich y Henrietta le ofreció a Richard quedarse con ellos durante su visita al Consulado Español.

Los padres de Henrietta recogieron a Richard en la estación de trenes y le compartieron una buena parte de su comida, la cual estaba ya racionada en todas las ciudades del país. Los nervios no le permitían a Richard sentir mucha hambre, pero cenó todo lo que le dieron para no ofender a sus anfitriones.

A la mañana siguiente, tras un par de horas de espera afuera del Consulado, a Richard le dio la bienvenida una secretaria exclamando el *Heil Hitler*. Tímidamente, Richard le dijo que deseaba solicitar una visa. La secretaria le pidió su pasaporte, la reserva del transporte y la tarifa de procesamiento. Richard, al entregarle los documentos y el dinero, hizo lo posible para que no le temblaran las manos. La secretaria se puso sus lentes e inspeccionó los documentos. Frunció el ceño.

—¿Hay algún problema? —preguntó Richard.

—Espere aquí —le respondió ella antes de desaparecer en una de las oficinas traseras.

Vaya terrible idea que había sido ésta. Claro que Oma tenía la razón, como siempre. Richard necesitaba salirse de allí lo antes posible, pero un guardia armado bloqueaba la única puerta. La secretaría probablemente estaría llamando a la Resebuero Romminger para confirmar la reserva. Herr Kittlaus, furioso, les ordenaría que de inmediato detuvieran a Richard.

La espera, de unos diez minutos, se sintió como una hora. Cuando finalmente reapareció la secretaria, Richard sentía que se iba a desmayar.

—Sígame —dijo ella.

Las piernas temblorosas de Richard apenas pudieron transportarlo hasta la oficina. El cónsul, un hombre de cuarenta y tantos años, estaba sentado detrás de un gran escritorio de nogal.

—Herr Richard Pick —dijo con un marcado acento español.

—A sus órdenes.

—Dígame, ¿cuáles son los motivos de su viaje a España?

—Sólo estaré de paso, en camino a Liberia.

—¿Y eso a qué se debe? Usted no se me figura como alguien que quiera vivir en África.

—Es el único lugar en el que me dieron una visa.

El cónsul asintió ligeramente con la cabeza.

—Sabe, Herr Pick, si se queda más tiempo de lo permitido en mi país, las cosas se pondrán muy mal para usted. Al general Franco no le gustan los mentirosos.

—No tengo intención de quedarme un minuto más de lo necesario, señor cónsul.

Richard ni siquiera terminaba la frase cuando el hombre abrió su cajón, sacó un sello y estampó la visa en el pasaporte.

—Sesenta días —dijo garabateando algo en los documentos—. Ni un minuto más.

Con las dos visas y la reserva falsa a Liberia, el siguiente paso era conseguir una reserva real para el viaje a España.

Richard le había explicado a Fräulein Fick que todo había ido bien en el Consulado Español. Sólo había una última cosa que necesitaba de ella. Fick se apareció aquella noche en casa de Oma escondida detrás de un enorme abrigo y una bufanda. Qué gran contradicción esta mujer que era tan temerosa y valiente a la vez. Se sentó en la mesa de la cocina con Herbert y Richard, donde comenzó a hojear su voluminosa carpeta.

—En tren no hay manera —dijo—. Los nazis ya se apoderaron de las vías para transportar a tropas y prisioneros. Normalmente los mandaría al País Vasco, pero por el momento eso también es imposible.

Después, al ver una de las tantas hojas en su carpeta, Fick sonrió.

—Eso es. Un vuelo de Múnich a Barcelona.

—El boleto es caro —dijo Herbert—, pero creo que podríamos juntar el dinero.

—¿La aerolínea sabrá que somos judíos?

—Nada prohíbe a los judíos viajar en avión —dijo Fick.

Una vez que todo quedó arreglado, la señora se puso su bufanda y su abrigo.

—Trae el dinero la próxima semana que vengas a la agencia. Te entregaré las reservas en un sobre.

—¿No se queda a cenar? —preguntó Oma apareciendo repentinamente.

—No creo que sea... Es más seguro si yo...

—Anda —dijo Richard—. La maravillosa cocina de mi Oma es la única forma que tengo de agradecer tu amabilidad.

Justo entonces comenzaron a sonar las sirenas de ataque aéreo, congelando a todos en su lugar. Desde el inicio de la guerra, el sótano de Oma, como todos los de Stuttgart, había pasado de almacenar papas y col a estar equipado con bancos, catres y agua. Debido a que aquel sótano era de los más grandes de la zona, el gobierno lo había asignado como el refugio de muchas familias que vivían en los alrededores. Oma, Richard, Herbert y Fick bajaron lo más rápido que pudieron. Pronto se les unieron unas treinta personas, todas muy asustadas.

—¿Es un simulacro? —preguntó una mujer embarazada.

—No hay cómo saberlo —dijo alguien más.

Mientras algunos pasaban el tiempo en el sótano leyendo o charlando, otros jugaban ajedrez o intentaban dormir la siesta. Oma se sentó junto a una amiga suya para tejer. Richard y Herbert se pusieron a estudiar inglés. Fräulein Fick caminaba de un lado a otro hasta que un viejo gruñón le gritó que se detuviera, pues le estaba poniendo los nervios de punta.

Después de horas de espera, la tensa calma en el sótano fue destruida por el clásico *tak-tak tak tak* de la artillería antiaérea. El ruido venía del Tagblatt Turm, el edificio más alto de la ciudad, el mismo al que Richard acudía para echarles un vistazo a los titulares todas las mañanas. De vez en cuando caía una bomba y el suelo temblaba. Aquel ataque era una respuesta al reciente bombardeo que había hecho la Luftwaffe, la fuerza aérea alemana, a Inglaterra. Para entonces, los alemanes ya usaban el V-1, un cohete lleno de explosivos de alta potencia que lanzaron a Inglaterra desde el pueblo costero de Peenemünde. Los explosivos alemanes cayeron principalmente en Coventry, una región industrial que atacaban con frecuencia.

Cada bomba que caía tensaba más el ambiente en el sótano de Oma. Algunos gritaban cada vez que temblaba el suelo. ¿Acaso las explosiones se acercaban? Oma abrazaba a Fräulein Fick, quien ya estaba en pleno ataque de nervios. Luego, tan repentinamente como comenzó, el bombardeo cesó y la gente fue tranquilizándose. Fick se secó las lágrimas de las mejillas y todos subieron las escaleras lentamente para continuar con sus vidas.

El viaje en tren fue confuso para Richard.

Por un lado estaba feliz, emocionado y aliviado. Contra todo pronóstico, la vida le daba otra oportunidad. El mundo estaba a sus pies. Finalmente se daba cuenta del peso que llevaba cargando desde que Hitler subió al poder. La opresión nazi le había estado robando buena parte de su energía, su gusto por la vida. Ahora podía volver a sonreír como lo hacía antes de que todo esto sucediera.

Sin embargo, Richard también se encontraba en una situación difícil, hasta imposible. ¿Qué era exactamente lo que estaba buscando? ¿Cómo podía un joven como él abandonar a su pobre abuela en plena guerra? ¿Era egoísta su decisión de dejar a Oma en Stuttgart? ¿Y su familia? No había sabido de ellos en varios meses. ¿Cómo se suponía que Richard sobreviviría todo esto?

Se despidió de Stuttgart. A pesar de todo, la ciudad siempre le pertenecería a él, como él siempre le pertenecería a Stuttgart. Se despidió de la gran amistad que había tenido con Alfred, de sus sueños de jugar para VfB Stuttgart, de su colegio y de la tienda de su padre, del heroico juego contra Tübingen…

Lo primero que hizo al llegar a Múnich fue enviarle una carta a Lore. Se habían estado escribiendo regularmente y Richard quería avisarle, entre otras cosas, que había escapado, que ya no podría recibir cartas en casa de Oma.

—¿Y qué hay de la propuesta nuclear?

—¡Vaya! Pensé que sacarías el tema antes. Admiro tu paciencia.

—No se me había ocurrido.

—No me hables como si fuera un niño idiota. Es lo único que te interesa. Ustedes son igual que nosotros, unos asesinos.

—¿Cuándo se lo mencionó al Führer por primera vez?

—Eso ya lo sabes. 1940. Tal vez 41.

—Y él se burló de usted.

—Por supuesto que no.

—Lo llamó un simple cartero.

—¡Siempre me respetó! Sólo que estaba preocupado con cosas más importantes.

—¿Más importantes que la bomba?

Boda de Clara Haiman y Joseph Steiner, Stuttgart, 1917.

Richard Pick, amante de los
animales, Stuttgart, 1931.

Ludwig (Lutz/Larry) Pick,
Emma Baum de Pick
y Richard Pick,
Stuttgart, 1939.

Bandera nazi que Richard Pick tomó del búnker
de Hitler firmada por su batallón.

Fotografía tomada
en el momento de la
rendición de Göring
por Richard Pick
en 1945.

Dieses Foto von Richard Pick zeigt Hermann Göring mit Ritterkreuz und
dem Orden „Pour le mérite" aus dem 1. Weltkrieg.

Lore Steiner y Richard Pick, alrededor de 1947.

Boda de Lore Steiner Haimann y Richard Pick Baum, Ciudad de Mexico, 16 de enero de 1947. El testigo fue Max Kahn Haimann, primo hermano de Lore.

Sylvia Judy Pick y Susan Emily Pick, 1957.

La familia Pick festejando el aniversario de bodas, alrededor del año 2000. De izquierda a derecha, atrás: Sylvia Pick Steiner (27 de diciembre de 1954), Daniel Weiss Pick (16 de julio de 1977), Gabriela Levin Pick (3 de junio de 1988), Arturo Weiss Pick (25 de mayo de 1979), Alejandro Levin Pick (24 de marzo de 1986), Sonia Weiss Pick (10 de octubre de 1983), Susan Pick Steiner (31 de julio de 1952); adelante: Richard Pick Baum (25 de julio de 1921) y Lore Steiner Haiman (2 de marzo de 1923).

Los cuatro amigos: Max Rothenstreich, Max Kahn, Richard Pick y Carlos Gimbel, Ciudad de México, 1998.

Richard Pick festejando sus 92 años con sus hijas Sylvia y Susan Pick,
25 de julio de 2014.

Marc, Jack y Max
Silberstein Levin, Ciudad
de México, 2021.

Liam y Emma Pick, bisnietos de Richard, con 3 años y 1 mes respectivamente, en julio de 2023.

Nietos de Susan Pick Steiner: Sophia (11 de enero de 2011), Alexia (9 de octubre de 2009), Carlos (6 de julio de 2014) y Nicolás (3 de abril de 2017), Ixtapa, Guerrero, 2019.

1941

Barcelona, España

Le asombró ver a un hombre tan viejo barriendo las calles bajo un calor tan sofocante. Temeroso de que se desmayara, Richard le ofreció agua de su cantimplora.

El anciano le hizo un gesto con la mano como si la oferta lo hubiera ofendido.

—Perdón —dijo Richard. Era una de las pocas palabras que sabía en español.

—¿Está perdido? —le preguntó el señor.

—Perdón —repitió Richard—, no comprendo español.

Por fin había escapado de los nazis, pero ¿ahora cómo sobrevivir en España?

—Bus —le dijo al barrendero, imitando a un conductor.

El hombre tomó la cantimplora de Richard y le dio un muy necesitado trago.

—Camión —dijo. Luego señaló al otro lado de la avenida hacia una fila de personas que esperaban junto a su equipaje.

—Gracias —respondió Richard tomando su cantimplora.

El autobús, que por fortuna era gratuito, dejó a los pasajeros en las oficinas de Lufthansa, situadas en la Rambla, la avenida principal de la ciudad. No había duda de que era la avenida más ancha y lujosa que Richard había visto, bordeada de grandes farolas, edificios barrocos con hermosos balcones y árboles frondosos.

No fue hasta entonces que Richard decidió quitarse el abrigo que llevaba puesto desde Múnich. Sus compañeros de viaje se montaron en taxis o se fueron caminando, al menos eso imaginaba, a lujosos restaurantes que servían deliciosos platillos. Pero Richard no tenía un centavo. Le entraron las ganas de volver a Stuttgart, a la seguridad de casa de Oma.

Entró a las oficinas de Lufthansa y esperó a que la mujer detrás del mostrador terminara de explicarle algo a una pareja francesa que casi no sabía alemán. Richard le dijo a la mujer que acababa de aterrizar en España y que sabía taquigrafía bastante bien, pues había estudiado en la prestigiosa escuela de Herr Lammert. ¿Tenían por casualidad una vacante?

—Lo dudo —dijo ella.

—¿Podría hablar con su jefe?

—No está.

—¿Estará mañana por la mañana?

—Probablemente.

Esa noche no tuvo de otra más que dormir en el parque. Usó una de sus maletas de almohada y colocó la otra entre sus piernas para protegerla contra ladrones. Estaba agotado y hambriento.

Lo despertó un policía antes del amanecer empujándolo con su garrote.

Richard caminó a las oficinas de Lufthansa y se sentó en la acera para estudiar su libro de español. Todavía no daban las nueve cuando la mujer del día anterior llegó a abrir. Para entonces habían pasado ya más de veinticuatro horas que Richard llevaba sin comer. Su estómago no paraba de gruñir. La mujer le dijo que esperara en una de las sillas frente al mostrador.

Después de unos minutos, un hombre de traje abrió la puerta y fue directamente a la oficina trasera. No fue hasta después de las diez cuando la mujer finalmente le dijo a Richard que podía entrar a ver al jefe.

—No necesitamos de un secretario —dijo el hombre—. Frau Kirschbaum hace su trabajo muy bien sola.

130

—¿No habrá algo más que necesite, señor?

Richard le platicó un poco sobre su triste historia con la esperanza de conmoverlo.

—Podrías ayudar a cargar cajas en la sala de almacenamiento del aeropuerto. No es un trabajo que pague mucho, pero…

—Sería un placer —respondió Richard.

En efecto, el trabajo pagaba una miseria. Incluso laborando diez horas al día Richard seguía durmiendo en el parque. Sin embargo, una ventaja era que podía guardar su equipaje en la oficina para no tener que cargarlo todo el día y después vigilarlo por la noche. Cuando por fin ahorró un poco de dinero, Richard alquiló una habitación en un pequeño hotel en donde pudo darse un buen baño. (Hasta entonces, todas las mañanas se lavaba en el baño del aeropuerto). La habitación estaba sucia y el colchón duro, pero para Richard se sentía como un hotel de cinco estrellas.

Alrededor de la medianoche, unos golpes en la puerta lo despertaron. Tan pronto abrió un poco la puerta, Richard fue empujado hacia un lado por una prostituta que entró como si la habitación fuera suya. La mujer se sentó en la cama. Fumaba un cigarrillo mientras le hablaba a Richard velozmente.

—No entiendo español —dijo él, confundido.

La prostituta continuó hablando.

Richard le comunicó lo mejor que pudo que no tenía dinero. Eso fue suficiente. Sin decir una palabra más, la prostituta se levantó y se fue.

Herbert llegó a España con un cargamento de rábano picante que Richard le había pedido por telegrama. Como aquel condimento siempre había estado presente en la vida de Richard, nunca lo había apreciado. Pero en España, debido a que la Guerra Civil había terminado apenas tres años antes, muchos alimentos, como el rábano picante, no estaban disponibles. Los dos amigos tenían lágrimas en los ojos cuando se abrazaron por primera vez en Barcelona. Fueron directamente a un restaurante cerca del Palacio Güell para intercambiar un poco de rábano por un trozo de pescado y una barra de pan duro. Ese día fue la primera vez desde que Richard se había ido de Stuttgart en que sintió su barriga llena.

Debido a que Richard era un buen empleado, pudo convencer a su jefe de que también contratara a Herbert. En aquel viernes en que Herbert recibió su primer pago, los dos hombres, quienes llevaban toda la semana durmiendo en el parque, decidieron celebrarlo con una cerveza. Eligieron el lugar menos lujoso que encontraron, un pequeño bar al final de un callejón con una barra y dos mesas. El cantinero, viendo que los jóvenes eran extranjeros, señaló una pizarra detrás de él con las bebidas listadas junto a sus precios. Había sólo dos tipos de cervezas, San Miguel y Estrella Galicia, y ambas costaban mucho más de lo que Richard y Herbert habían calculado.

—¿Ahora qué? —murmuró Herbert.

—No sé —dijo Richard—. No tenemos tanto dinero.

—Llevo deseando una cerveza fría desde el momento en que pisé esta ciudad.

Terminaron pidiendo una sola botella de San Miguel para ambos. Herbert le daba un trago y se la pasaba a Richard, quien hacía lo mismo. Esta actividad atrajo malas miradas del cantinero y de otros comensales, pero ¿y eso qué? ¿Quién podía decirles que no se merecían esa cerveza?

Después de la cantina, los dos jóvenes, con un muy buen humor, fueron a sentarse a una banca de la Rambla donde Herbert tocó la armónica mientras Richard cantaba. Tocaron una canción popular, "El buen camarada":

Ich hatt' einen Kameraden,
Einen bessern findst du nit.
Die Trommel schlug zum Streite,

Er ging an meiner Seite
In gleichem Schritt und Tritt.

Poco a poco, algunas personas se fueron reuniendo alrededor de ellos, balanceándose lentamente con la melodía. Al terminar la canción, una mujer se acercó a darle a Richard una peseta. No habían pensado en mendigar, pero no era mala idea. Herbert y Richard cantaron allí durante horas y, a la medianoche, gracias a sus salarios y al dinero ganado con la música, pudieron rentar una habitación en el pequeño hotel. Decidieron que la primera noche Richard dormiría en la cama y Herbert en el suelo, y que la segunda se cambiarían.

Continuaron cantando en La Rambla en las noches de fin de semana. Un sábado, un hombre flacucho y canoso que había estado escuchándolos tocar "En la noche más tranquila" se les acercó en cuanto sonó la última nota.

—¿Qué hacen dos alemanes tan jóvenes y apuestos mendigando en la Rambla? —dijo al entregarle a Herbert un billete de cinco pesetas.

Herbert le hizo un muy breve resumen de su historia.

El hombre se presentó como Herr Michael Apfel, un nativo de Colonia que vivía en Barcelona desde su adolescencia. Cuando les preguntó dónde se estaban alojando, Herbert y Richard no supieron qué responder.

Apfel escribió algo en su pequeño cuaderno negro y arrancó el papel.

—Preséntense en esta dirección mañana al mediodía.

Herbert y Richard no sabían si ir a ver a Herr Apfel. No simplemente era que ya no confiaban en los alemanes, sino que no les quedaba claro qué quería de ellos. ¿Sus intenciones eran puras o tan sólo pretendía aprovecharse?

—Tal vez únicamente quiera ayudarnos —dijo Richard—. O quizás tenga algún trabajo para nosotros. De cualquier manera, si pasa cualquier cosa, somos dos contra uno.

Herr Apfel vivía solo en un edificio pequeño en Carrer de Cabanes. Su estrecho y luminoso departamento estaba repleto de muebles antiguos y las paredes no cubiertas por libreros estaban decoradas con máscaras de carnaval, lo que le daba al lugar un toque siniestro. Había, además, un fuerte olor a tabaco rancio y ajo.

—A ustedes lo que les hace falta es un baño —dijo Apfel exhalando el humo de su pipa.

—¿Disculpe? —preguntó Richard.

—No dudo que ya se hayan acostumbrado a su olor, pero les aseguro que no es algo muy agradable.

Herbert y Richard se miraron.

Herr Apfel señaló hacia el pasillo con la boquilla de su pipa.

—Allá a la izquierda está mi habitación. Frente a ésa está la habitación de invitados. Cada uno tome un baño. Les he dejado toallas y algunas prendas viejas de Roberto para que se deshagan de esos trapos.

¿Quería que se bañaran? ¿Así empezaba el plan del pervertido Apfel? ¿Quién era Roberto? Herbert y Richard avanzaron lentamente por el pasillo. Antes de que cada uno entrara a su habitación, Richard al dormitorio principal y Herbert al de invitados, Herbert le dijo a Richard que gritara si sucedía algo desagradable. En la regadera, Richard se maravilló con la gran variedad de champús finos y jabones aromáticos. Permaneció bajo el agua veinte minutos, lavándose y enjuagándose, para después lavarse de nuevo. Qué alegría era sentir el agua caliente después de tanto tiempo. Al salir, Richard se cubrió las manos y los brazos con una deliciosa crema suiza. Quienquiera que fuera Roberto, el tipo tenía buen gusto para vestir. Richard encontró en la cama un par de pantalones cafés perfectamente planchados y una camisa blanca de manga corta. Como Roberto era de pie pequeño, Richard tuvo que conservar sus andrajosos zapatos de cuero.

Herbert ya estaba en la sala cuando llegó Richard, también vestido con ropa fina y zapatos viejos. Se encontraba en medio de una conversación con su anfitrión, con música clásica sonando en la radio. Ambos bebían cerveza en vasos pequeños y Apfel le sirvió otra a Richard.

—¿Conoces ese extraño deporte llamado Jai Alai? —le preguntó Herbert a Richard—. ¡Michael dice que se juega con canastas!

¿Así que ahora Herr Apfel era Michael?

Richard dijo que nunca había oído hablar de tal deporte.

—Muy bien, caballeros —dijo Michael—, vaya espectáculo que les espera.

Tomaron un taxi hasta la pequeña arena, un lugar con unas veinte filas de asientos frente a una estrecha cancha verde de tres paredes. Una gran red protegía a los espectadores de la veloz pelota cubierta con piel de cabra. Richard nunca había visto algo tan extraño: dos parejas competían, cada jugador con una larga canasta en la mano. Un jugador tiraba la pelota contra la pared frontal, desde donde rebotaba, golpeaba el suelo y era atrapada por un jugador del otro equipo, quien volvía a lanzarla a la pared.

Herbert no tardó en involucrarse en el juego, mientras que Richard estaba más entusiasmado con las cervezas y los sándwiches que Michael les había comprado. Además, Michael colocaba apuestas con hombres que subían y bajaban las gradas. El hombre perdía el equivalente a dos semanas de salario de Richard y, sin pensarlo dos veces, de inmediato colocaba otra apuesta.

Después del partido, mientras caminaban por las calles de Barcelona, Michael pareció ponerse repentinamente melancólico. Caminaban y caminaban, pero adónde. Tras más de una hora del paseo, la mayor parte de éste en total silencio, Michael finalmente se detuvo y se puso las manos en la cintura. Richard comenzaba a preocuparse. En contraste con su buen humor durante el partido de Jai Alai, ahora Michael tenía la mirada hueca.

—Aquí —dijo el hombre apuntando a una puerta cerrada— es la sucursal catalana del Comité de Distribución Judío. Ayudan a personas en su situación. Preséntense el lunes a primera hora y preguntan por Moshe Schlesinger. Díganle que yo los envié.

—Estamos sumamente agradecidos por todo lo que ha hecho —dijo Herbert.

Richard se le unió:

—Lo de hoy fue un muy necesitado respiro del caos de nuestras vidas.

El rostro de Michael dibujó una triste sonrisa.

—Muy bien, muchachos. Les deseo mucha suerte.

—Un momento —dijo Richard—. ¿Cuándo volveremos a verlo?

—Lo siento. Mañana salgo de viaje.

Michael se dio la media vuelta y desapareció de sus vidas para siempre.

El lunes encontraron al señor Schlesinger sentado detrás de un viejo escritorio mordiéndose las uñas con gran diligencia. A sus espaldas, en un rincón, un anciano dormía sobre un simple colchón.

Richard y Herbert se presentaron. Schlesinger ni una mueca hizo al oír el nombre de Michael Apfel. Con pereza o tal vez molestia, sacó dos formularios y un par de lápices.

—Llenen esto —dijo en inglés.

Como no había muebles donde recargarse, Herbert y Richard lo hicieron en la agrietada pared. Cuando le entregaron los formularios, Schlesinger buscó sus anteojos en los bolsillos de su chaleco y pantalón, finalmente los encontró en un cajón del escritorio. Echó un vistazo rápido a los formularios y ajustó su kipá.

—¿Quieren ser americanos?

—Sí, señor.

—De ninguna manera. ¿Algo más en lo que les pueda ayudar?

—Necesitamos salir de España —dijo Herbert—. Nuestras visas sólo son transitorias.

Schlesinger se quedó callado.

—Herr Apfel dijo que usted…

Schlesinger colocó un par de sobres en la mesa.

—Aquí tienen unos vales para un buen hotel, además de algunas pesetas. Arreglen su situación o tendrán serios problemas con la ley.

El "buen" hotel resultó ser el mismo en el que ya se habían quedado Herbert y Richard. Aun así, un colchón duro era preferible a una banca en el parque.

Aquella noche Richard no pudo dormir y fue a tocar la puerta de Herbert.

—¿Cómo es que no hemos visto el océano?

—¿Pasó algo, Richard? —dijo Herbert todavía medio dormido.

—¿Alguna vez has visto el océano?

—Pues… no. ¿Qué horas son?

—Vamos a la playa.

—¿No podríamos mejor ir mañana?

—Herbert, nunca hemos siquiera pisado la arena. Y aquí estamos, rodeados de hermosas playas, y no las aprovechamos.

—No tengo traje de baño.

Algunos minutos después corrían entre la quietud de la Rambla, parando en el imponente monumento a Cristóbal Colón. Agotados por la carrera, se apoyaron en la base de la estatua. Quizás el navegante podría enseñarles algo sobre los placeres de la incertidumbre. Desde allí dieron sólo unos pasos para llegar al muelle, luego a la grandiosa playa, separada de la ciudad por unas altas palmeras.

—La arena se siente maravillosa en mis pies —dijo Herbert con un zapato colgándole de cada mano—. Deberíamos venir aquí todos los días.

Caminaron un rato en silencio, escuchando el relajante romper de las olas. De seguro Herbert estaba tan preocupado como Richard por su futuro, pero caminar por esa playa hacía parecer que todo estaba bien. Ambos se quitaron la ropa y se metieron a nadar. Se divertían tanto que les sorprendió, horas después, ver la salida del sol.

Al terminárseles los vales, Richard y Herbert volvieron al CDJ. Acostumbrados al hotel, no querían regresar al parque.

—Lo siento —dijo Schlesinger—. Ya no tengo vales. ¿Han pensado en qué harán cuando expiren sus visas?

Los chicos no supieron qué decir.

—Me imagino que no volverán a Alemania.

—¡No! —respondieron al unísono.

Schlesinger se recargó en su silla en una calmada reflexión, sus dedos regordetes cruzados sobre su barriga. El hombre de la esquina y su colchón ya no estaba allí.

—¿No han considerado ir a los Estados Unidos?

—No entiendo la pregunta —dijo Richard.

—Es muy simple, muchacho: ¿por qué no emigrar a los Estados Unidos?

—Señor… Schlesinger. Soy Richard Pick. Él es Herbert Dreyfus. Estuvimos aquí con usted la semana pasada.

—Sí, sí, los recuerdo perfectamente —dijo el hombre.

—Le dijimos que queríamos ir a los Estados Unidos. Usted nos respondió que era imposible.

—¿Yo les dije eso? ¿Están seguros?

Richard tuvo que esforzarse para no arremeter contra el hombre.

—Sólo que necesitarían tener algún contacto allá. De lo contrario…

—Tenemos los contactos —dijo Richard, exasperado—. Se lo anotamos en los formularios que llenamos. Ambos tenemos familiares en Nueva York.

—¿Están seguros de que llenaron formularios?

—Señor Schlesinger, si tan sólo…

—Tendrán que llenarlos otra vez.

Diez minutos más tarde volvieron a entregarle sus formularios, junto con sus números del sistema de cuotas. Schlesinger les pidió que volvieran en un par de semanas.

Así que Herbert y Richard otra vez dormían en el parque, trabajaban turnos extra en el aeropuerto cuando se los permitían, comían una o dos veces al día y nunca volvieron a la cantina de la Rambla. Estaban emocionalmente exhaustos. Richard extrañaba a Lore, a Oma, a sus padres y a Lutz. No había sabido de ellos desde que se fue de Stuttgart. ¿Y ahora su futuro descansaba en las incompetentes manos de Moshe Schlesinger?

Las cosas empeoraron aún más cuando, mientras trabajaban el turno matutino, un oficial de migración se les acercó.

—Llevo bastante tiempo viéndolos por aquí —dijo en un español muy lento, para que le entendieran—. Supongo que son judíos.

Ellos asintieron. El oficial les pidió sus documentos.

—España es para los españoles —les dijo revisándolos—. No somos el basurero de Europa.

Basurero era una palabra que Richard había aprendido recientemente.

Ambos asintieron mientras el oficial les hablaba, ahora más rápido, hasta que Herbert tuvo que intervenir.

—Sólo un poco de español —dijo.

Tuvo que llegar otro empleado de Lufthansa, un español que sabía inglés, para servir como intérprete.

—Dice que esta visa es de tránsito —dijo el intérprete—. Expira pronto.

—Por favor, dígale que el CDJ está procesando nuestras visas americanas —intervino Richard.

—El oficial no cree que les darán visas estadounidenses. Dice que hasta los americanos ya se cansaron de los judíos. Si siguen aquí cuando expiren sus visas, dice que serán deportados.

No pudieron aguantarse los quince días que Moshe Schlesinger les pidió, volvieron al CDJ en ocho. El hombre los recibió con lo que parecía una sonrisa, pero no podía serlo, pues era incapaz de sonreír.

—¡Richard y Herbert! —exclamó—. ¿Dónde han estado?

¿Ya se le había olvidado la última visita?

—Señor, estuvimos aquí hace algunos…

—No se muevan —dijo—. Ahora vengo.

—Creo que vamos a tener que volver a llenar los formularios —dijo Herbert.

Richard opinó que tal vez Schlesinger se hacía el tonto para que lo dejaran en paz. Hacía calor ese día y las camisas de ambos estaban empapadas. Llevaban mucho tiempo sin bañarse. Schlesinger salió del cuarto trasero con un par de fólders.

—Pensé que nunca vendrían a recogerlas, muchachos.

—¿A recoger qué? —dijo Herbert.

Schlesinger se rascó la cabeza.

—¡Pues sus visas! —Ni Richard ni Herbert podían creer lo que estaban escuchando—. Contacté a sus familiares y me transfirieron las tarifas de sus boletos.

PARTE III

1941

Nueva York, Estados Unidos

Richard fue dado de alta tras unos días en Ellis Island. El primo de su madre, Julius, lo recogió en el puerto en un reluciente automóvil verde. Julius le dijo que el auto era de la marca Chevrolet, un nombre que a Richard le sonó muy lujoso. Tal vez los Estados Unidos sí eran en realidad el paraíso.

La casa de Julius, en el 333 de la Avenida Church, en Long Island, era tan elegante como el automóvil. Todo se veía impecable: las cortinas largas, los pisos de parqué, la cocina totalmente blanca… La mujer de Julius, Erna, y sus hijos Heriold y Hanna, ambos más o menos de la edad de Richard, los estaban esperando en la sala cuando llegaron y todos fueron muy corteses al presentarse.

Temprano a la mañana siguiente Julius llevó a Richard a su negocio en la isla de Manhattan. The Bekchard Line era un mayorista de libretas, agendas, calendarios y otros objetos similares. Julius colocó a Richard en el almacén, donde su trabajo consistiría en clasificar y completar los pedidos entrantes y empaquetarlos para que pudieran ser enviados a los clientes.

—Espero que entiendas que éste es un trabajo estacional —dijo Julius esa primera mañana—, sólo mientras te estableces aquí. Y, claro, la renta mensual te la cobraré directamente de tu salario.

Ésa fue la única vez en que Julius lo llevó al trabajo, pues mientras la jornada laboral de Richard iniciaba a las 7:00, su tío llegaba a The Beckhard Line tres o cuatro horas más tarde. Todas las mañanas Richard desayunaba antes de que sus anfitriones despertaran y se dirigía a tomar el ferrocarril, y luego a un metro local que lo llevaba hasta la calle 23. La vida no era nada mala en Nueva York. A Richard le entusiasmaba volver a casa por la noche, cansado tras un duro día de trabajo, y cenar con su familia adoptiva. Hanna y Heriold, quienes estudiaban Química y Arquitectura respectivamente, siempre tenían historias divertidas que contar sobre algo que habían vivido o aprendido en la universidad. A Richard le hubiera encantado también asistir a la universidad, pero de igual manera estaba agradecido de poder vivir en Nueva York.

Richard simpatizaba con Heriold, quien, aunque dos años más joven que él, era varios centímetros más alto. Ambos pasaban horas en el patio jugando tenis de mesa y recordando la vida en Alemania. Heriold también estaba feliz de haber llegado a Nueva York e incluso comenzaba a sentirse americano. ¿Le pasaría lo mismo a Richard?

—¡Había tantas cosas maravillosas de las que nos perdíamos en Europa! —dijo Heriold uno de esos días mientras jugaban tenis de mesa.

—¿Cómo qué?

—¡Como a los Yankees! —dijo Heriold.

—¿Los qué?

—¿No conoces el beisbol, Richard?

Ese mismo domingo, Hanna y Heriold lo llevaron al Yankee Stadium. Richard no lo podía creer cuando por primera vez entró a través del oscuro túnel y vio el campo de pasto rodeado de 60,000 asientos.

—Cierra la boca —dijo Hanna—. No se te vaya a meter una mosca.

El juego en sí era todavía más confuso que el Jai Alai. Había cuatro bases en diamante y los jugadores debían golpear una pelota diminuta con un bate de madera. A diferencia del futbol, donde todos estaban siempre en movimiento, en el beisbol la mayoría de los jugadores estaban parados, sin hacer nada. Richard no entendía por qué el lanzador no lanzaba la pelota más despacio para que el bateador pudiera pegarle. Poco después del inicio del partido, de repente todos los asistentes se pusieron de pie y comenzaron a aplaudir y gritar. Richard no sabía a qué se debía todo ese escándalo, pero hizo lo mismo que los demás, parándose de su asiento junto a la multitud. Richard le preguntó a su primo qué pasaba.

—Joe DiMaggio va a batear —dijo Heriold—. Es el mejor jugador de beisbol, un dios aquí en Nueva York.

Y sí, DiMaggio pegó dos batazos que salieron del campo y los Yankees ganaron el partido.

Al final del juego, Richard se sintió todavía más confundido que al inicio, pero aun así había sido un gran día en el Yankee Stadium. Un día muy americano.

Una tarde, mientras se preparaba un sándwich en la cocina, Richard no pudo evitar oír una pelea entre Julius y Erna.

La pareja venía llegando de hacer las compras y, pensando que no había nadie en casa, continuaron discutiendo como seguramente lo venían haciendo en el auto.

—Tú fuiste quien lo trajo —dijo Erna—. Básicamente le salvaste la vida. Le diste un techo y un empleo, lo alimentaste. ¿Es que ahora tenemos tres hijos en lugar de dos? ¿También vas a pagarle la universidad?

—Acaba de llegar, Erna. El pobre muchacho no tiene a nadie más.

—¿Muchacho? ¡Richard es ya un hombre! Puede cuidarse solo.

—¿Entonces quieres que lo corra?

—¡Sí! —Las voces se acercaban cada vez más a la cocina—. ¡Lo quiero fuera de aquí para el lunes!

Al entrar a la cocina, Erna vio a Richard y se quedó congelada. La mujer se dio la vuelta y se fue sin decir una palabra.

Richard alquiló el lugar más barato que encontró, una pequeña habitación con paredes agrietadas en una casa de huéspedes de la calle

73. El cuarto, sin ventanas, estaba amueblado solamente con un catre y una pequeña mesa.

Estaba muy contento con su trabajo en The Beckhard Line, pero ahora que pagaba la renta de un departamento, su salario semanal de $8.40 no le rendía lo suficiente. Por las mañanas, Richard iba a un lugar de comida rápida llamado Nedick's, donde por diez centavos compraba un refresco de naranja, un café y un par de donas. Para cuando llegaba la hora del almuerzo, con el estómago de Richard gruñiendo, se comía un simple hot dog por quince centavos. Para cenar, ya para entonces mareado de hambre, iba a Bickford's. Allí, por 35 centavos, comía sopa, pastel de carne, algunas verduras, puré de papa, café y dos gloriosas rebanadas de pan blanco. Richard adoraba el pan blanco, ese gran invento americano. Cada noche, al terminarse su café en Bickford's, previo a salir, buscaba rebanadas sueltas que los comensales hubiesen dejado en sus charolas. A veces se iba de allí con seis o siete rebanadas de pan blanco y se las comía felizmente en su camino a la casa de huéspedes.

Un lunes, al llegar a trabajar, Richard notó que había un sobre en su escritorio. Sus servicios, decía la breve carta, ya no eran requeridos en The Beckford Line. ¿No podía haberle dicho esto Julius cara a cara? Luego vino otro golpe: en el mismo sobre, Richard encontró otra carta, ésta con la cantidad que Julius le estaba cobrando por su viaje de España a Estados Unidos. Obviamente Richard no tenía el dinero suficiente para pagarle a su tío, así que dejó dicho con la secretaria que le depositaría a Julius un par de dólares a la semana hasta que cubriera la totalidad de la deuda.

Esa misma noche pasó a ver a Herbert, quien se estaba quedando con su tía Trude, su tío Emil y sus primos, Hans y Walter, hacia el norte de Riverside Drive. Richard les platicó lo ocurrido a su amigo y a Walter mientras los tres disfrutaban de una cerveza en el porche. Walter, quien trabajaba como operador de torno en Long Island, le dijo a Richard que su empresa estaba contratando.

Así que a la mañana siguiente Richard acompañó a Walter a su trabajo y le mintió al gerente, diciéndole que tenía una gran experiencia trabajando con tornos. A Richard lo despidieron de aquel trabajo tan sólo unas horas después cuando descompuso su equipo. Entonces comenzó a pasar los días buscando empleo, mientras que en las noches cenaba con Herbert y su familia. Una noche que llegó a cenar, Richard se encontró con Herbert y su familia sentados en la sala, muy atentos a la radio.

Estaba a punto de saludarlos cuando Herbert lo calló. Una voz potente y familiar salía de la bocina:

...y, aunque esta respuesta afirmaba que parecía inútil continuar con las existentes negociaciones diplomáticas, no contenía una amenaza o un indicio de guerra o de ataque armado.

—¿Qué pasa? —preguntó Richard.

Entonces todos lo callaron.

Durante este tiempo, el gobierno japonés ha tratado deliberadamente de engañar a los Estados Unidos con declaraciones falsas y expresiones de esperanza a favor de la continuidad de la paz.

¡Claro! ¡Era Roosevelt! Richard reconoció su voz de los discursos que había escuchado en la radio.

Ayer el gobierno japonés también lanzó un ataque contra Malaya.

Anoche las fuerzas japonesas atacaron Hong Kong.

Anoche las fuerzas japonesas atacaron Guam.

Anoche las fuerzas japonesas atacaron las Islas Filipinas.

Anoche los japoneses atacaron la Isla Wake.

Y esta mañana los japoneses atacaron la Isla Midway.

¿La Isla de Midway? ¿Que eso no estaba en los Estados Unidos?

Miró a Herbert y susurró:

—¿Qué pasó?

—Bombardearon Hawái —le respondió.

Richard no lo podía creer.

Al final del discurso, Roosevelt le pidió al Congreso que le declarara la guerra a Japón, lo cual metería a Estados Unidos de lleno en la Segunda Guerra Mundial.

¡Ya era hora!, pensó Richard. Había recibido otra carta de Oma esa mañana, una carta que, como todas las demás, le rompió el corazón. La habían deportado hacía unos meses a Haigerloch, un pueblo pequeño a unos cien kilómetros de Stuttgart. Todas sus comunicaciones hablaban de una vida miserable dentro de un departamento de una habitación que compartía con otros cinco deportados. Apenas tenían para comer y Oma continuaba bajando de peso. De sus padres y Lutz, Richard no había sabido nada en tanto tiempo que prefería no saber cuánto exactamente.

Pero ahora todo cambiaba, pensó mientras escuchaba las fuertes palabras del presidente. Ahora los americanos salvarían a Europa.

Richard se inscribió a la Universidad de Columbia más o menos al mismo tiempo que consiguió otro trabajo como operador de torno, éste en Stricker & Brunhuber, en la calle 23. Afortunadamente, en Stricker & Brunhuber Richard tenía un mentor que le enseñó a trabajar la máquina. Su nombre era Paul Ball, un alemán tan amigable que incluso organizó una cita a ciegas entre Richard y su prima.

Finalmente las cosas comenzaban a mejorar. Richard se despertaba diario en la madrugada para estudiar un poco antes de irse al trabajo. Luego continuaba estudiando en el metro. Después del trabajo, Richard iba a la universidad, donde tomaba cursos de la carrera de Economía, la única materia que le apasionaba. Se dio cuenta de lo mucho que había extrañado los retos intelectuales todos esos años. Le encantaba leer libros como *Principios de economía*, de Marshall, y *Un tratado sobre el dinero*, de Keynes, para luego discutirlos con sus brillantes compañeros americanos. Con su nuevo salario semanal de $28, Richard no sólo llenaba su barriga, sino que también se podía dar el lujo de ir a bares y al cine con amigos. Esto debe ser lo que significa ser americano, pensó. Si uno trabaja duro y no se mete en problemas, con el tiempo las cosas le salen bien.

No pasó mucho entre Richard y la prima de Paul. Salieron a comer un domingo y, una semana después, poco antes de Navidad, fueron a ver *Kathleen*, una película protagonizada por Shirley Temple. Esa noche de cine era fría y la nieve caía con furia. Richard acompañó a la prima de Paul a su departamento y luego tomó el metro de vuelta a casa. Al salir de la estación hacía aún más frío y el viento soplaba más fuerte. Richard incluso vio a una mujer tomada de un poste para no caerse.

En casa no lo esperaba una carta de Oma, pero sí encontró un sobre con el sello del gobierno estadounidense. ¿Lo iban a deportar? ¿Ahora dónde iría? ¡Apenas comenzaba a acostumbrarse a la vida en los Estados Unidos!

Saludos del presidente de los Estados Unidos de América, Franklin Delano Roosevelt, decía la parte superior de la delgada hoja.

—No puede ser cierto —dijo Paul—. Debe ser un error burocrático.

—Dudo que el gobierno americano cometa ese tipo de errores.

—¿Estás bromeando, Richard? Un gobierno no es más que una fábrica de equivocaciones. Acabas de escapar de la guerra, este país te concedió asilo, ¿y ahora quieren que vuelvas a la guerra? ¿En qué mundo estamos viviendo?

—¿Qué sugieres que haga? —preguntó Richard—. He leído en el periódico sobre los objetores de conciencia: los meten a la cárcel. Prefiero luchar contra Hitler que estar encerrado en una celda.

Claro que le temía al combate, pero nunca, ni por un momento, dudó en cumplir con lo que le pedían los americanos. Lo correcto era ir a pararse frente a la Alemania antisemita. Incluso antes de recibir la carta de Roosevelt, Richard ya había considerado alistarse a la Fuerza Aérea.

Cuando Richard confesó todo esto, Paul lo miró a los ojos y le estrechó la mano.

—Mi prima estará muy decepcionada.

1944

Normandía, Francia

Los primeros en llegar a Sainte-Mère-Église fueron los paracaidistas. Los siguió la infantería en lanchas de desembarco. Después los aviones comenzaron a bombardear objetivos específicos.

El 204° Batallón de Artillería de Campaña aterrizó en la playa de Omaha siete días después del Día D. Cruzaron el Canal de la Mancha en una gran barcaza hacia la sanguinaria batalla, con la voz del general George S. Patton resonando en los megáfonos del mástil, cayendo sobre los soldados como la voz de Dios:

Habla su comandante del Tercer Ejército. Estoy consciente de que en este momento todos ustedes sentirán algo de miedo. Me alegro de que sientan miedo porque no quiero soldados tontos en mi ejército. No se gana una guerra muriendo por un país, ¡se gana haciendo que el hijo de puta de enfrente muera por el suyo! ¡A darles batalla! ¡Muy buena suerte a todos y cada uno de ustedes!

Las antes hermosas granjas de Normandía estaban divididas por hileras de setos que resultaron ser grandes obstáculos para el transporte de tanques y obuses. Los soldados usaron lanzallamas para combatir los búnkeres nazis y ametralladoras para los interminables tiroteos de larga distancia. El ruido era ensordecedor y Richard podía identificar a quienes estaban disparando por el sonido de sus armas. Mientras que los cañones americanos emitían un seco y lento *duht-duht-duht*, el fuego alemán producía un potente *rat-tat-tat*.

Los vehículos y tanques avanzando con dificultad por aquella tierra baldía generaban una gran cantidad de polvo que, aunada al sofocante calor veraniego, dificultaba la respiración. Las máscaras antipolvo de los soldados, fabricadas de caucho negro, eran de muy poca ayuda. En cierto punto, agotados tras horas de pelear en esas terribles condiciones, Richard y sus compañeros del Centro de Detección de Fuego Entrante, aprovechando un área escondida, decidieron quitarse las botas y calcetines para refrescarse en un riachuelo. La intensidad de los disparos había disminuido, así que los hombres pensaron que se venía una pausa en la lucha. Richard nunca había sentido tanto alivio como al sumergirse en esa agua, con cada célula de su piel revitalizándose de frescura. Uno de los hombres incluso comenzó a chapotear como niño. Pero…

Rat-tat-tat. Rat-tat-tat-tat-tat-tat. Rat-tat-tat-tat.

Horrorizados, los hombres se sumergieron por completo en el agua, conteniendo la respiración y pinchándose las narices. Entonces el tiroteo se detuvo. ¿Los había localizado el enemigo? ¿Estaban ahora los alemanes rodeando el arroyo, esperando a que salieran? Richard no podía comunicarse con sus compañeros en la oscuridad submarina. Salió a la superficie sabiendo muy bien que la siguiente podría ser su última bocanada de aire fresco. Pero fue el silencio quien le dio la bienvenida, junto con las caras de asombro de sus compañeros. No hubo celebración, ni siquiera alguna palabra de alivio. Era responsabilidad del CDFE calcular la posición del enemigo e informar a sus compañeros dónde disparar, por lo que Richard y los demás se pusieron a trabajar de inmediato detrás de unas trincheras.

El aire era pesado. El viento traía consigo un terrible olor a carne muerta, carne humana, claro, pero también de vacas y caballos víctimas colaterales de la batalla. Por las noches acampaban bajo una lona camuflada, escuchando de vez en cuando los motores de un avión enemigo que apodaron "Charlie de medianoche". Intentando descansar en la oscuridad, los soldados rezaban para que ésa no fuera la noche en que Charlie finalmente los detectara.

1944

Granville, Francia

La batalla de Normandía terminó por cobrar doscientas mil vidas en apenas dos meses. Posteriormente, para salir del bastión nazi, los aliados primero tuvieron que luchar por la ciudad de Saint-Lô para luego dar el golpe final en Caen.

Richard agradecía los tiempos de descanso, cuando todo lo que había que hacer era sentarse alrededor del campamento con su batallón comiendo raciones K y fumando. Por lo general, los soldados estaban tan cansados que ni siquiera podían hablar en frases completas. Por la noche algunos se despertaban gritando, seguros de que Charlie de medianoche por fin los había encontrado. Debido a que el batallón de Richard había tenido más actividad que la mayoría, sus soldados, como recompensa, fueron enviados a un pueblo costero al este de Normandía llamado Granville. No tenían orden alguna aparte de relajarse.

Un día los hombres estaban sentados en la acera de una sinuosa calle de Granville, cuando se les acercó una joven francesa. Era bonita, con ojos grandes, una sonrisa dulce y un largo pelo castaño recogido en una coleta. Quería saber quiénes eran y qué hacían en su ciudad, pues nadie nunca visitaba Granville. Los hombres se llenaron de emoción, no sólo porque era la primera chica bonita con la que hablaban en meses, sino porque este tipo de coqueteo, inocente y juvenil, les recordaba a un pasado en el que no conocían los horrores de la guerra.

Cuando los soldados comenzaron a irse a dar un chapuzón en el mar o a caminar por la playa, como era su costumbre al atardecer, Eugénie, que así se llamaba la chica, terminó sentada al lado de Richard, compartiendo con él un cigarrillo. Como a ella también le gustaba el cine, se pusieron a hablar de películas y actores. Al oscurecer Richard era el único soldado que quedaba allí sentado con Eugénie. Cuando ella lo invitó a su casa, Richard al principio lo dudó, pues la única chica que lo había llevado a la suya era Lore, en un evento formal para presentarle a sus padres. Eugénie, en cambio, le dejó muy claro que nadie estaba siquiera cerca de su hogar en ese momento.

A Richard le dio algo de tristeza entrar a esa casa y ver los muebles elegantes y viejos, como los que tanto le gustaban a su mamá. De hecho, había un sofá con estructura de caoba y respaldo de mimbre idéntico a uno que recordaba de la Villa.

—Ven conmigo —dijo Eugénie—, quiero mostrarte mi reloj.

—¿Estás segura de que estamos solos?

Qué irónico hubiera resultado si, recién salido de Normandía, a Richard ahora lo matara algún hermano de Eugénie, los cuales ella ya había descrito como grandes y muy violentos. En lugar de calmar el temor de Richard con palabras, Eugénie le besó los labios. Richard no había besado a nadie desde Lore.

—¡El reloj! —dijo ella.

Lo tomó de la mano y lo llevó arriba a su recámara, un espacio espartano con nada más que un escritorio, una silla y una cama bien tendida. Claro, y el reloj que colgaba de la pared frente a la cama. Era de madera, con forma de chalet. Eugénie le pidió acercarse un poco para admirar el detalle de la rueda hidráulica y los pequeños músicos tocando sus instrumentos sobre el pasto.

—Lo mejor es su puertecita. De allí salen los danzantes.

—Me gusta —dijo Richard—. Creo que nunca había visto uno así.

Mentía. La madre de Richard había tenido un reloj de la Selva Negra meticulosamente tallado que se perdió en alguna de las mudanzas.

—No saldrán hasta dentro de treinta minutos —dijo ella.

—¿A quiénes te refieres?

—¡A los danzantes! Tienes que verlos. ¿Qué sugieres que hagamos mientras tanto?

Nunca podría haber imaginado que su primera experiencia sexual se daría en un tranquilo pueblo costero de Francia después de semanas de luchar contra el ejército alemán. Richard estaba nervioso, en gran parte por la posibilidad de que lo encontraran los hermanos de Eugénie, pero disfrutó el acto. Eugénie era una joven hermosa y una buena amante.

Estaban entre las sábanas, desnudos, compartiendo sus historias de vida, cuando el reloj marcó la hora.

—Ven —dijo ella, emocionada.

Caminaron hacia el reloj tomados de la mano. Cuando comenzó a sonar el minué, de la puertecita abierta salió una pareja de danzantes vestidos con ropa tradicional francesa.

—¿Qué te parece, Richard? ¿No es éste el reloj más hermoso en todo el universo?

Antes de despedirse, Eugénie le dio a Richard una foto suya en la que portaba un lindo vestido veraniego bajo la sombra de un árbol. Al reverso, escribió:

Para mi primer amigo americano,
Con cariño,
Eugénie

1945

Le Vésinet, Francia

Terminada la Batalla de las Ardenas, Richard fue enviado a la Escuela de Inteligencia Militar a las afueras de París para ser entrenado como interrogador.

Todo era distinto en Le Vésinet. Para empezar, las viviendas estaban localizadas en el campus de un elegante colegio privado en lugar de un gris cuartel militar. Otra ventaja era que a Richard no lo trataban como a un simple soldado, sino ya con algo de deferencia. ¡Incluso tenía su propia habitación! No había dormido solo desde antes de su entrenamiento básico. Además, las comidas eran preparadas por un verdadero chef francés. Y por si todo eso fuera poco, el profesor de Introducción a las Técnicas de Interrogación anunció al término de una clase que se organizaría un baile para los alumnos al que asistirían algunas chicas locales.

El episodio con Eugénie le dio a Richard mucha confianza. Las contadas interacciones que había tenido con mujeres desde entonces se sentían diferentes a las de antes. Era como si las mujeres ahora supieran que él ya era un hombre. Poco después del comienzo del evento, Richard se acercó a una de las chicas francesas más bonitas para invitarla a bailar. Mariane era una joven esbelta con ojos alegres que hablaba muy poco inglés y nada de alemán. Richard y Mariane bailaron juntos con melodías animadas como "Jumping at the Woodside" y "Sing, Sing, Sing", así como piezas lentas como "Moonlight Serenade" y "Take the A Train". Mariane, ágil y graciosa, fue paciente al enseñarle algunos pasos a Richard. La euforia dominó el salón, con los soldados moviéndose con una ligereza que sólo se puede sentir después de meses de agotador trabajo.

Hacia el final de la noche, cuando sus piernas no podían bailar una nota más, Richard se sentó con Mariane para beber un poco de vino e intentar tener una conversación entretejiendo el francés, el inglés y las señas. Mariane se ofreció para darle a Richard un recorrido por París al día siguiente y él, contento, aceptó.

1945

Colonia, Alemania

Richard dejó plantada a Mariane. No por olvidadizo o desinteresado, sino porque esa mañana, al amanecer, fue asignado a la 79a División de Infantería en Colonia, la ciudad de Michael Apfel. ¿Dónde estaría él ahora? ¿Habría vuelto ya a Barcelona?

De nuevo lo pusieron en un dormitorio, esta vez en el de la universidad local. Era sabido que la guerra prácticamente había terminado y la resistencia alemana había disminuido considerablemente. Uno podía sentirlo en el aire, los buenos perseverarían. Con las cosas más serenas en el campo de batalla, a Richard se le ocurrió visitar Stuttgart para averiguar algo sobre el paradero de su familia. Cuando le expresó esta idea al comandante, su respuesta fue contundente:

—De ninguna manera, hijo.

No sólo estaban a más de 400 kilómetros de Stuttgart, sino que aquella ciudad era de las pocas que continuaban perteneciéndole a los nazis. Las fuerzas americanas comenzaron a avanzar rápidamente y, en poco tiempo, los soldados de la Wehrmacht se rendían en grandes números. La 79a División recibió órdenes de moverse hacia el sureste para cruzar la zona francesa. Llegaron hasta Berchtesgaden, una municipalidad alemana pegada a la frontera austriaca. El oficial convocó a ocho hombres, entre ellos Richard, para que fueran enviados a Berghof. Berghof. ¿Por qué ese nombre le sonaba tan conocido? ¡Claro! Allí se encontraba la casa de descanso de Hitler.

En un par de jeeps equipados con ametralladoras de 30 mm y usando un mapa detallado, los soldados se dirigieron a los Alpes bávaros sin enfrentar resistencia alguna. Richard no podía creer que aquel infierno por fin estuviera cerca de finalizar.

De pequeño había visto fotografías del chalet en periódicos y revistas. Al llegar, sin embargo, se percató de que este Berghof nada tenía que ver con el Berghof de antaño. Tras varios ataques aéreos, el lugar estaba prácticamente destruido. Quedaba poco de la elegante fachada blanca con detalles en piedra. La amplia escalera que conducía a la puerta principal estaba bajo escombros. Parecía más una casa en construcción.

Se decidió que Richard y otros tres hombres de infantería entraran primero.

—La casa debe estar llena de trampas explosivas —dijo el soldado Smith, uno de los hombres asignados para ingresar—. Podríamos morir allí dentro.

—Ya di las órdenes —respondió el sargento Kelly.

Para Richard había sido un privilegio que lo escogieran para entrar. No hacía ni cinco años que los soldados nazis lo habían humillado en casa de Oma mientras Hitler celebraba su cumpleaños en medio de una multitud de admiradores. Ahora iba a saquear la casa de verano del Führer, quien se escondía quién sabe dónde. Qué extraños giros y vueltas daba la vida.

El cabo May había sido el primero en ser elegido debido a su vasta experiencia con explosivos. Lideró al reducido grupo subiendo las pequeñas montañas de escombros y las escaleras hasta el estudio, el cual Richard también reconocía de fotografías. Dentro había una gran ventana que daba a los Alpes. El vidrio ya no estaba, pero la imponente vista permanecía.

Buschon caminó hacia el escritorio.

—¡Detente! —exclamó el cabo May—. ¿Acaso quieres matarnos a todos? Si hay explosivos en esta casa, de seguro están en el escritorio.

Richard sintió una oleada de adrenalina al mirar el escritorio de caoba que, curiosamente, se mantenía casi intacto. Toda la escena parecía como sacada de un sueño: un elegante escritorio rodeado de escombros. May tomó cuatro rollos de cuerda de su mochila y le ordenó a Richard que las atara a las perillas de los cajones. Mientras ejecutaba la orden, gotas de sudor le entraban a los ojos, provocándole comezón y dificultándole la vista. Cada uno de los hombres tomó un extremo de cuerda y salió de la habitación, con mucho cuidado de no tirar demasiado fuerte de él. Después, de cuclillas en el pasillo, fueron tirando de las cuerdas, abriendo los cajones uno por uno; cada hombre se preguntaba, al tirar de su cuerda, si la habitación les explotaría en la cara.

No había explosivos en el escritorio. Cuando abrieron el último cajón, los cuatro hombres corrieron hacia el escritorio. No encontraron mucho, tan sólo algo de papelería de Hitler y un par de plumas fuente. May tomó las plumas y los demás se repartieron la papelería. Richard se quedó con una carta que le escribió Hitler a una mujer a la que le agradecía por tener un hijo ario. De otra habitación tomó una bandera nazi, la cual le firmaron sus compañeros.

1945

Stuttgart, Alemania

—Cumplieron bien con la misión —les dijo el comandante cuando los hombres volvieron a la base.

El comandante llamó a Richard a su oficina y le dijo que ahora que había sido liberada podía por fin visitar Stuttgart. Richard cargó un jeep con suficientes raciones K para una semana, cuatro botes de gasolina y una ametralladora Thompson .45. ¿Estaba emocionado? ¿Asustado? ¿Ansioso? Probablemente sentía todo eso y más. Había escuchado horribles rumores sobre judíos en campos de concentración y de exterminio. Sin embargo, mantenía la esperanza de que sus padres, Lutz y Oma hubieran escapado de las garras nazis para reunirse en Stuttgart. Quizá todos vivían en la misma casa y estarían felices de ver a Richard después de tanto tiempo. No quería otra cosa que volver a compartir un techo y una comida con ellos.

Durante su retirada, los nazis habían volado las carreteras y los puentes, por lo que el viaje a Stuttgart le tomó dos días en lugar de algunas horas. Cuando finalmente entró a la ciudad por la frontera norte, Richard no podía creer lo que veía. Dondequiera que miraba sólo había destrucción y escombros. La estación del ferrocarril, antes tan elegante e imponente, simplemente había desaparecido, no quedaban siquiera rastros de lo que habían sido sus impresionantes columnas.

Por primera vez en su vida a Richard se le dificultó navegar por Stuttgart, pues todo se veía igual de devastado. El Tagblatt Turm, aquel edificio desde donde los alemanes habían disparado contra los aviones ingleses durante el bombardeo que Richard pasó en el sótano de Oma, estaba calcinado, aunque su caparazón permanecía erguido, de modo que le sirvió de brújula. Ya había sospechado que la casa de Oma quizá no habría sobrevivido la guerra, pero aun así se pasmó al verla convertida en escombros, al igual que todas las otras hermosas casas que rodeaban la plaza, la cual también estaba destruida.

Richard estacionó el jeep y caminó hacia lo que alguna vez había sido su hogar. Lo hizo lentamente, como no queriendo llegar. Había vidrio roto por todas partes. Era una pesadilla. No, era mucho peor que eso. Sintió mareos de regreso al jeep. También enojo. Una vez dentro del automóvil, no lo encendió, simplemente se quedó allí quieto, paralizado durante unos minutos.

Su siguiente parada fue en su antigua casa de Augustenstrasse 39. El viaje fue corto porque el jeep podía atravesar escombros en lugar de limitarse a calles y avenidas. Extrañamente, en el lado oeste casi todo permanecía intacto, en su mayor parte, conservado, como cuando Richard vivía allí, sólo que las calles estaban casi vacías. Las pocas personas que caminaban por las banquetas lo miraban como si fuera un extraterrestre. Seguramente era el primer soldado estadounidense en pisar Stuttgart.

"Yo soy de aquí, al igual que ustedes", quería decirles.

La puerta de hierro del edificio estaba cerrada. Richard miró a través de sus barras y le vinieron a la mente algunos de sus momentos más preciados de la infancia, la mayoría de ellos en compañía de Lutz. Tocó el timbre instintivamente pero no hubo respuesta. Luego probó los timbres de otros tres departamentos hasta percatarse de que no había electricidad en toda la cuadra. Escuchó a su madre llamándolo, una alucinación auditiva.

Volvió al jeep y, sin pensarlo, condujo directo a casa de Alfred.

Tan pronto tocó el timbre, la cabeza de Frau Liebster se asomó por la ventana.

—¡Hola! —dijo Richard agitando su casco.

Aunque no se habían visto en años, la señora no tuvo problema en reconocerlo.

—¡Querido Richard! ¡Eres tú! ¿Estás en el ejército?

—¿Se encuentra Alfred, Frau Liebster?

Era como si otra vez fuera un niño visitando a su amigo.

—¡Pasa! ¡Está en el patio!

Gracias a Dios que Alfred estaba sano y salvo.

Abrió la puerta y caminó a la parte trasera de la casa con gran anticipación. Lo encontró de rodillas, revisando las hojas de su albahaca dulce por señales de plaga. Parado sobre el piso de ladrillo donde tantas tardes había jugado futbol, Richard exclamó el nombre de su amigo. Alfred no lo podía creer. De pie, tuvo que recargarse contra la pared de enredaderas para mantener su equilibrio. Caminó hacia Richard lentamente y con la tristeza cubriéndole el rostro.

Durante el abrazo, Richard sintió las lágrimas de Alfred en su hombro.

—Lo siento tanto, Richard. No sabes cómo lo siento.

Repetía estas frases una y otra vez.

—Ya, ya —le dijo Richard—. Todo eso está en el pasado.

Alfred no se veía bien. Parecía ser algunos años mayor que Richard, a pesar de tener su misma edad. Su delgadez era alarmante. Si no fuera por sus tirantes rojos, de seguro sus pantalones se le hubieran caído hasta los talones.

—Realmente lo siento —dijo Alfred una última vez mientras se limpiaba las lágrimas con las mangas de su camisa.

Vine buscando a mi familia. Quería saber si tú...

—Los judíos de Stuttgart fueron deportados al oriente. Allí se llevaron a mi padre.

Se sentaron a platicar en la mesa de hierro forjado y Frau Liebster les llevó café. Alfred estaba seguro de que a su padre lo habían matado. Richard intentó convencerlo de que podría estar bien. La guerra había terminado, los judíos de toda Europa estaban siendo liberados. Después Richard intentó platicarle un poco de lo que era su vida en Nueva York, pero Alfred parecía no tener ningún interés en el tema. Lo mismo ocurrió cuando Richard trató de recordar los viejos tiempos. Alfred nada más podía hablar de la guerra.

Antes de retirarse, Richard fue al jeep por un par de raciones K y algunas naranjas para los Liebster.

1945

Augsburgo, Alemania

De vuelta en la base, el comandante le informó que debía presentarse en el Centro de Interrogación Militar en Augsburgo, al noroeste de Múnich. El CIM estaba ubicado en un moderno desarrollo de unas veinte casas pequeñas, cada una de las cuales contenía tres reducidos departamentos y una celda para el prisionero. Tan pronto como Richard dejó su maleta en su habitación, se le ordenó presentarse en una clase de adoctrinamiento. El CIM, les dijo el comandante Vickers a los cuatro alumnos, había sido creado con la misión específica de recibir a los altos mandos militares y políticos nazis que habían sido capturados o que se habían rendido. Ahora tocaba exprimirles la mayor cantidad de información posible.

En el último día de clases, después de que los alumnos aprobaron sus exámenes orales y escritos, el comandante Vickers les dio a los nuevos interrogadores sus pseudónimos. El de Richard era Petersen. A Petersen, como ahora lo llamarían todos en el CIM, se le asignó la tarea de interrogar al doctor Wilhelm Ohnesorge. A Richard le sorprendió que le asignaran un pez tan grande —el doctor Ohnesorge había estado a cargo del servicio postal alemán—, pero el comandante Vickers le dijo que el verdadero interrogatorio ocurriría semanas después, una vez que se cansara el prisionero. Richard sólo debía hacerle creer que ese falso interrogatorio era el interrogatorio real.

—Tratará al prisionero con gran precisión —le indicó Vickers con su marcado acento bostoniano—. Tiene mucha información de la bomba.

—¿La bomba?

—La bomba, Petersen.

—*¿Atómica?*

—Tu prisionero es algo así como un genio. Estuvo muy involucrado en el desarrollo de la bomba. Es posible que necesitemos de su ayuda.

—Pero es un nazi, comandante —dijo Richard.

—Aunque fuera el diablo mismo, Petersen.

Entró al cuarto del doctor Ohnesorge cargando el desayuno.

El doctor, un anciano con un fuerte olor rancio, estaba acostado sobre su cama, vestido de pantalón y camisa impecablemente planchados, leyendo un libro. No había tenido ningún contacto humano desde su encarcelamiento, pero por lo que parecía, no era algo que necesitara.

—¡Saca esa mierda de aquí! —ordenó como si Richard fuera su mayordomo.

No había nada que deseara más en aquel momento que arrojarle la bandeja de comida en la cara a aquel monstruo.

—Sólo es su desayuno, Herr Doktor.

El doctor Ohnesorge únicamente comenzó a mostrar interés en Petersen cuando descubrió que éste compartía su amor por el ajedrez. (A Richard sólo le gustaba el ajedrez, pero Petersen era un apasionado del juego). En su primera partida, el preso lo venció en cuestión de minutos. A Richard nunca lo habían vencido con tanta facilidad. Confundido, rápidamente preparó las piezas para la siguiente partida. En aquélla el doctor le ganó todavía más rápido. Cuando el preso lo venció una tercera vez, comenzó entonces a darle a Richard unas breves lecciones en lugar de simplemente jugar contra él. Resultaron ser unas horas fascinantes en las que Richard absorbió más conocimiento sobre la estrategia del ajedrez que nunca. No fue hasta después que se percató de que la había estado pasando de maravilla con uno de los asesores más cercanos a Hitler.

Todas las noches, antes de cenar, los interrogadores se reunían con el comandante Vickers para recibir sus órdenes. Los demás oficiales de interrogación del CIM estaban entrevistando, por ejemplo, a Karl-Otto Koch, supervisor del asesinato de decenas de miles de personas en el campo de concentración de Buchenwald; a Julius Streicher, editor del tabloide antisemita *Der Stürmer*; y a la misma Leni Riefenstahl, directora de aquella fascinante película que Richard vio con Lore.

Debido a que micrófonos ocultos grababan todo lo que se decía en las celdas, el comandante Vickers, un hablante experto del alemán, sabía exactamente en lo que andaban sus interrogadores. Una noche le comentó a Richard que estaba impresionado con lo lejos que había llegado con el doctor Ohnesorge:

—Es casi como si tú y él fueran… amigos.

—Ésas fueron las órdenes que recibí, comandante Vickers.

—Claro. Ha llegado el momento en el que planeaba sustituirlo con un comandante más experimentado. Sin embargo, no quiero interrumpir esta relación que ha establecido. Es muy valiosa para nuestro proyecto.

Cuando ambos salían de la reunión, un grupo de soldados pasó corriendo junto a ellos, casi chocando contra Richard y Vickers. ¿Huían de algún peligro?

—¡Alto! —gritó el comandante.

Los soldados obedecieron de inmediato.

—¡Señor, sí, señor!

—¿Qué demonios pasa?

—Göring, comandante —dijo uno, intentando esconder su emoción—. Está por llegar.

Richard corrió a su habitación por la pequeña cámara Zeiss Ikon que le había confiscado a un prisionero en Normandía. ¡Hermann Göring! ¡El arquitecto de la Gestapo! Subordinado sólo de Hitler. Agachado tras una ventana junto con otros dos interrogadores, Richard observó al nuevo prisionero llegar en un Mercedes 260 D seguido por una caravana de jeeps americanos. Sintió un escalofrío al ver a aquel hombre salir del auto vestido de civil, con una banda blanca en su brazo izquierdo. Göring se veía más gordo que antes y tenía el pelo desaliñado.

A pesar de su buena relación con él, Richard no pudo sacarle casi nada de información al prisionero sobre la bomba. Tras varias semanas de intensos interrogatorios, el obstinado prisionero fue llevado, entre la oscuridad de la noche, a un lugar secreto que no le fue revelado ni siquiera a Richard. Nunca se supo nada más del doctor Ohnesorge.

Lo verdaderamente difícil de haber sido interrogador no era la terquedad o el hermetismo del prisionero, sino las espantosas historias que contaba sobre los horrores cometidos por los nazis. Ese tema lo abordaba el preso libremente y sin un ápice de arrepentimiento. Richard había oído historias terribles sobre los campos de concentración, pero había querido creer que eran meros rumores, o al menos exageraciones. Resultó que todas ellas no le llegaban ni a los talones a la horrible realidad. Los nazis torturaron gente y los exterminaron en cámaras de gas. Forzaron a que los hombres cavaran sus propias tumbas previo a ejecutarlos. Tan sólo pensarlo le revolvía el estómago.

—¿Y los niños? —le tuvo que preguntar una vez al prisionero—. Ellos no podían trabajar, ¿o sí?

Sin inmutarse, el doctor Ohnesorge le explicó a Richard que los niños y bebés a menudo eran incinerados a fuego abierto, pues ésa era la forma más eficiente de deshacerse de ellos. Incluso tiempo después de que el doctor dejara el CIM, a Richard se le dificultaba comer y dormir. ¿Realmente había en el mundo hombres dispuestos a arrojar a un bebé a las llamas? ¿Cómo podría uno siquiera comenzar a responder tal pregunta? Gastaba mucha energía convenciéndose de que sus padres y Lutz eran fuertes y que el trabajo los había salvado de las cámaras de gas. A Oma no la habían llevado a un campo de concentración, únicamente la habían deportado, así que quizás ella también estaba a salvo. Eran historias cada vez más difíciles de creer.

1945

Heidelberg, Alemania

El ejército americano no daba muchas explicaciones, así que cuando repentina e inesperadamente enviaron a Richard a Seckenheim, junto con el resto del CIM, él supo que no tenía caso preguntar por qué.

En otoño, cuando les dieron una semana de descanso, Richard decidió pasarla en Heidelberg, una bella ciudad al sur de Seckenheim y al norte de Stuttgart, un hermoso lugar sobre el cual la madre de Richard siempre hablaba con entusiasmo. Parado a las orillas del oscuro río Neckar, Richard recordó el amor de su madre por la naturaleza, un amor que le había transmitido. Así es como debe vivir el hombre, pensó, entre los árboles, los pájaros y los ríos. Increíblemente, fue hasta ese momento de tranquilidad en Heidelberg que Richard hizo un balance de todo lo que le había sucedido. No era que los horrores de la guerra le hubieran pasado inadvertidos; había, después de todo, matado, algo terrible aunque las víctimas fueran nazis sin rostro, soldados que luchaban por un dictador que quería exterminar a los judíos. Vio a sus camaradas perder extremidades, la cordura y la vida misma. De todo esto Richard estaba más que consciente. Y sin embargo no fue hasta Heidelberg que se despojó de lo último de ese sentimiento constante de supervivencia que había estado arrastrando desde el campo de entrenamiento.

Lo opuesto a la guerra, decidió, no era la paz. Lo opuesto a la guerra era un río tranquilo e imperturbable. Lo opuesto a la guerra eran la Villa y los dientes torcidos de Benno. Lo opuesto a la guerra era saberse el nombre de los pájaros. El pensar en cómo hubiera sido su vida si Hitler y los nazis no hubieran tomado Alemania hacía que su mente se perdiera en una espiral. Era una sensación confusa disfrutar de ese lugar tan hermoso, estar finalmente libre de los peligros de la guerra y, al mismo tiempo, desconsolado por no saber el paradero de su familia. Tenían que estar vivos, pues Richard sentía su amor en el fondo de su corazón.

En Heidelberg, Richard tomaba fotografías mentales para después describírselas a su madre cuando finalmente se reencontraran. "¿Cuál fue tu sitio favorito?", le preguntaría ella. Richard le respondería que la pacífica iglesia de San Miguel, pero no, de inmediato se corregiría. Su sitio favorito en Heidelberg era la universidad, cuyos majestuosos edificios habían sido construidos durante el Imperio romano.

1945

Seckenheim, Alemania

R egresó al CIM exhausto. Necesitaba descansar. Por desgracia, en su edificio se escuchaban gritos y cánticos. Se abrió la puerta principal y salió el primer teniente Wellen tambaleándose de borracho. El hombre caminó a un árbol, se arrodilló y vomitó en las raíces.

Wellen sonrió al ver a Richard.

—¡Pick! ¡Te estás perdiendo de una gran fiesta!

—¿A qué se debe?

—¡El fin de la guerra, estúpido! ¡Ahora sí se acabó! ¡Por fin se acabó!

Aquellas palabras lo emocionaron, pero Richard no estaba de humor para celebrar después de una semana en silenciosa contemplación. Para que sus camaradas no intentaran obligarle a que se uniera a la fiesta, Richard entró por la puerta trasera y tomó las escaleras de emergencia al tercer piso. En la habitación lo esperaba otro obstáculo: un soldado dormido en su catre. Suponiendo que el intruso, vestido de ropa militar, seguramente estaba borracho, Richard lo sacudió para despertarlo. ¿No podían simplemente dejarlo dormir?

No lo pudo creer cuando el hombre atontado se volvió hacia él. Era… No, no podía ser.

—¿Lutz?

Su hermano pequeño parecía aún más confundido que él.

—Richard…

—¡Lutz! —Se le dejó caer encima a su hermano para apretarlo en un abrazo—. No lo puedo creer.

Los hermanos se sentaron hombro a hombro en el catre y ambos comenzaron a llorar.

—¿Cómo me encontraste?

—No fue fácil, hermano.

—¿Quién te trajo?

—Nadie. Te había estado buscando desde mi liberación.

—¿Liberación? ¿De qué hablas?

Lutz tomó un gran respiro.

—Del campo. Nos liberaron los americanos. Caminé, tomé varios trenes…

—Espera un momento. ¿Qué pasó?

—Cuando fuimos liberados no habíamos comido en varios días, Richard. Las ss sabían que su momento había llegado y los ataques aéreos eran más y más frecuentes. Nos iríamos pronto, así que dejaron de alimentarnos. La gente comenzó a morir. No parecíamos humanos, Richard. Éramos, todos nosotros, poco más que costillas. Y estábamos sucios. Pasábamos meses sin bañarnos.

A Richard se le dificultaba comprender la narración desorganizada de su hermano.

—Entonces te liberaron —dijo, intentando volver a encarrilarlo—. ¿Y entonces?

—Lo primero que hicimos fue irrumpir en la cocina para robar lo poco que quedaba. Comí tanta mermelada de fresa que vomité, pero inmediatamente después seguí comiéndola. No podía parar. Mi amigo Heinz y yo salimos juntos de allí y nos encontramos un campo de papa y espárragos. Allí mismo prendimos una fogata y comimos todo lo que pudimos.

—Te ves mucho mayor, Lutz. No puedo creerlo. Ya eres un hombre.

—Caminábamos sin rumbo, con cartones atados a los pies porque no teníamos zapatos. Entonces apareció un caballo en lo más alto de una colina. Un caballo negro, hermoso y majestuoso. Heinz y yo llevábamos caminando demasiado tiempo, estábamos cansados y deshidratados, pensamos que era una alucinación. Pero ¿cómo dos personas estarían alucinando lo mismo?

»Así que subimos corriendo la colina hacia el caballo. Allí encontramos más caballos. Y vacas. Algunas ovejas, también. Estábamos en una granja. Tocamos la puerta. "Ustedes son judíos", dijo la mujer que abrió. Pero lo dijo con ternura, hermano. De repente ya no éramos una plaga. La mujer nos dejó quedarnos allí un par de noches. Nos prestó su baño y hasta nos regaló unas prendas para que pudiéramos deshacernos de nuestro uniforme rayado.

»Cuando llegué a Stuttgart me pusieron en un campamento de refugiados. Paseaba por la ciudad un día cuando me encontré con Alfred. Se veía muy enfermo y casi no lo reconocí.

—¡Yo acabo de ver a Alfred!

—No lo creía cuando me dijo que me buscabas. Le dije que estabas en Nueva York. Pensé que Alfred estaba loco. Me aseguró que habías vuelto a Europa a luchar con los americanos. Fue todo tan... Le pregunté dónde estaba tu base y me dijo que aquí en Seckenheim. También me obsequió un par de zapatos viejos que tenía en su casa. Eran demasiado grandes, pero una gran mejora comparados con la cuerda y el cartón.

Richard levantó las delgadas piernas de su hermano: sus pies estaban destrozados, magullados, cubiertos de cicatrices, salpicados de costras y ampollas. Le faltaban dos uñas del pie derecho.

—¿Cuándo llegaste aquí?

—Hace un par de días. No, tres. ¿Dos? Me recibió un soldado grande y negro.

—Colson.

—Cuando intenté explicarle quién era, me empujó con su rifle. Después apareció un comandante que hablaba perfecto alemán.

—Vickers.

—Me preguntó qué quería. Dije que te estaba buscando, que eras mi hermano, pero no me creyó. Me metió a una sala de interrogación y uno de sus hombres me estuvo haciendo preguntas durante unas seis o siete horas: quería saber los nombres de papá y mamá, tu fecha de nacimiento, la fecha de nacimiento de Oma, el lugar donde naciste… Luego me dejaron esperando en esa habitación como media hora. Después llegó otro interrogador a hacerme las mismas preguntas.

A Richard le enfureció que Vickers hubiera maltratado a su hermano, pero tenía claro que el comandante sólo había seguido el protocolo. Lutz se veía débil, desnutrido, tal vez hasta enfermo. Richard, quien estaba más fuerte que nunca, nada más podía soportar mirarlo a la cara durante algunos segundos a la vez.

—Cuando finalmente los convencí de que decía la verdad, comenzaron a tratarme muy bien, me alimentaron y me dieron esta ropa. He pasado las noches aquí en tu catre.

Richard tenía que hacer la pregunta que tanto le aterraba:

—Mamá y papá… ¿Están…?

—Hermano…

—Contéstame.

Lutz se puso de pie. Comenzó a caminar de un lado a otro, cubriéndose el rostro con sus manos. En cuanto volvió al catre comenzó a llorar.

—Los mataron —dijo.

Luego lo repitió en un susurro.

—¿A mamá?

—A todos, Richard.

—No. Pero… ¿Estás seguro?

El llanto de Lutz se volvió tan intenso que apenas lo dejaba respirar.

—Por favor. Dime si estás seguro.

Una vez que se tranquilizó un poco, Lutz le dijo a Richard con una expresión muy seria:

—Te contaré la historia, pero sólo una vez. Debes prometer que nunca me pedirás que la repita.

—Si así lo quieres, así será. Lo prometo.

—Estuve en un campo de concentración con papá. Siempre estábamos juntos, nos ayudábamos en todo. Él se esforzaba lo más que podía, Richard, trabajando tan duro como los jóvenes. Pero se enfermó. Angina de pecho, según un médico que estaba preso con nosotros. Intenté cuidarlo, le daba mi comida, pero no había mucho más que pudiera hacer. Se despertaba sudando de fiebre. Aun así, por las mañanas, no sé cómo, salía a trabajar con nosotros. Y luego un día se desmayó tras diez horas de trabajo continuo. Lo encontré tirado en la fábrica. Intenté levantarlo para que volviera al trabajo pero estaba inconsciente. Los guardias lo llevaron al médico. No pudo más. Al caer la noche se lo llevaron al bosque con otros presos y…

—¿Cuándo ocurrió todo esto?

—Qué importa.

—Lutz. Quiero saber la fecha en que mi padre murió.

—4 de junio del 44.

—Dos días antes del Día D —murmuró Richard.

—No entendía cómo iba a seguir viviendo después de que lo mataron.

—¿Y mamá?

—Ella… Por favor no me hagas esto.

—Lo necesito, hermano.

—La llevaron en barco al campo de Stutthof, en Polonia. Yo estaba con papá. No hacíamos más que pensar en ella, aunque intentábamos no mencionarla demasiado para no entristecernos todavía más. No podíamos darnos el lujo de estar tristes. Teníamos que ser fuertes, siempre fuertes. Allí dentro te asesinaban por caminar con la cabeza gacha.

»Entonces un día llegó un nuevo grupo de prisioneros a nuestro campo y uno de ellos mencionó que venían de Stutthof. Papá me tomó de la mano. Por supuesto que le pregunté al nuevo prisionero si sabía algo de mamá. Él no reconoció su nombre. Me dijo que les preguntara a las mujeres.

»Así que a la mañana siguiente, en el desayuno, me acerqué sigilosamente a la mesa de las mujeres nuevas a preguntarles si sabían dónde estaba Emma Pick. "Pregúntale a Chlotichilda", me dijo una señalando al final de la mesa. "Ella conoce a todos".

Lutz, inmerso en la historia, miraba al vacío frente a él.

—Chlotichilda, que era católica, se persignó en cuanto escuchó el nombre de mamá. Dijo que ella… dijo que mamá… prácticamente ya había estado muerta de hambre para cuando la metieron a la cámara de gas. ¿Por qué nos hicieron esto, Richard? Nos tenían días sin comer. ¡A veces semanas! ¿Por qué?

A Richard le zumbaban los oídos. Esto no podía ser real. Era una pesadilla. Pronto despertaría y su madre seguiría viva. Estarían en la Villa. ¡Benno también estaría allí! Richard sabría los nombres de todos los árboles y de todos los pájaros.

—"Ahora vete de aquí", me dijo Clotichilda, "o nos vas a meter en problemas". Pero no podía moverme, hermano. Estaba congelado. Un guardia me gritó que volviera a mi lugar. Podía escucharlo, pero no podía moverme. "¡A tu lugar o te doy una paliza!", me dijo. Podría haberme apuntado con su pistola y aun así no hubiera regresado a mi lugar. Así que me dio una paliza.

Debido a que Lutz estaba tan desnutrido, Richard no tuvo problemas para acomodarse junto a él esa noche en el catre. Independientemente de su cansancio, Richard no podía dejar de pensar en sus padres. Según Lutz, Oma también estaba muerta. Se lo habían dicho en Stuttgart.

A la mañana siguiente los hermanos bajaron a desayunar en total silencio. Lutz llenó su charola de comida. Tan pronto como se sentaron, Lutz comenzó a aspirar la montaña de comida indiscriminadamente. Se metía una cucharada de huevo revuelto a la boca, seguida por fruta enlatada, luego un trozo de chocolate y después una rebanada de queso.

—¿Tú cómo has estado? —dijo Lutz. Casi no se le entendía con la boca llena de comida.

Richard, como pudo, le hizo un breve resumen de lo que había sido su vida desde que dejó Stuttgart: le habló de Barcelona, de Nueva York, de sus trabajos, de las chicas, de todo. Lutz, tan entretenido como si estuviera escuchando una radionovela, quería saber cada detalle, por más insignificante que fuera.

No pudieron terminar la conversación porque Richard tenía que presentarse a trabajar. Le dio a su hermano algo de dinero para que fuera a caminar por el pueblo a tomar un café y disfrutar del parque, tal vez visitar el castillo.

—Tengo que ir a América contigo —le dijo Lutz, preocupado, cuando se despidieron aquella mañana—. No puedo volver a Stutt gart. No puedo volver allí solo.

1946

Distrito Federal, México

Poco después de que los hermanos aterrizaron en Manhattan, Richard compró un boleto de avión para México.

Se quedó atónito cuando por fin vio el hermoso rostro de Lore en el aeropuerto. Se abrazaron y besaron con la misma pasión con la que lo habían hecho casi una década antes en la estación de trenes de Stuttgart. Desde entonces se habían enviado cien cartas, tal vez más. Manejando el auto que le había prestado una amiga, Lore llevó a Richard al corazón de la colonia Hipódromo. En el camino, Richard se sintió decepcionado de la ciudad. No había imaginado que llegaría a un lugar como Múnich, Nueva York o Barcelona, pero tampoco esperaba una ciudad en tan mal estado. Los caminos eran angostos y llenos de baches, los edificios pequeños y mal construidos. Además, había mendigos por todas partes.

Por supuesto que no le expresó nada de eso a Lore quien, emocionada, hablaba sin parar, contándole a Richard un sinfín de historias sobre lo que había hecho durante todos los años en que no se habían visto. Su padre ahora trabajaba como contador y Lore laboraba de diez a doce horas al día arreglando vestidos para otros refugiados.

Al llegar, se encontraron con Joseph y Clara Steiner, quienes los esperaban en una banca afuera del edificio. Clara parecía feliz de volver a ver a Richard, mientras que Joseph, un hombre duro y de pocas palabras, apenas esbozó una sonrisa. Su departamento en el segundo piso, el cual, como el de Stuttgart, tenía vista al parque,

181

era demasiado pequeño para tres personas. Joseph y Clara dormían en la habitación principal, mientras que Lore tenía un cuarto del tamaño de un armario amueblado con un catre y una cómoda. Richard dormiría en un sofá de la diminuta sala.

Debido a que el viaje duraría tan sólo unos días, Lore estuvo pegada a él todo el tiempo. Llevó a Richard a dar largos paseos por la ciudad, siempre de la mano, y a visitar museos. Lo obligó a probar la picante comida mexicana, la cual a Richard le fascinó. En su último día juntos la sensación era agridulce. Lore y Joseph llevaron a Richard a los canales y jardines flotantes de Xochimilco, por los cuales viajaron en góndolas tripuladas por lugareños con sombreros de paja. Tal vez, después de todo, la ciudad tenía su encanto.

Para cuando volvieron al departamento por la noche, el olor proveniente de la cocina de Clara se había apoderado de casi todo el edificio. La señora llevaba todo el día preparando un pato. La mesa, advirtió Richard sorprendido, había sido puesta con un mantel nuevo y cubiertos finos. Ésta no era una velada común y corriente en casa de los Steiner. ¿Cómo era que, tan endeudados como estaban, habían derrochado en un pato? ¿Acaso Joseph y Clara querían presionarlo para que le pidiera matrimonio a su hija?

Cuando se terminaron su rebanada de pastel de chocolate de postre, los padres de Lore se despidieron y se fueron a su habitación.

—No creas que no sé lo que está pasando —dijo Richard intentando sonreír.

Lore bajó la mirada.

—Te extrañé mucho. No quiero volver a perderte.

—Pero sabías que esto sólo era una visita. Tengo toda mi vida en Nueva York, mi trabajo, mi…

—Por favor —dijo ella—, no te vayas.

Por supuesto que él tampoco quería dejarla. No tenía duda de que ella era la mujer con la que quería pasar el resto de sus días. Si tan sólo las cosas fueran un poco más sencillas.

—No tengo dinero para mantener a una esposa.

Lore se animó.

—¡Podrías trabajar para mi tía! Ella tiene un negocio aquí. ¡Ya sabe de ti!

Richard casi podía sentir a su suegra con la oreja pegada en la puerta de la habitación escuchando este intercambio.

—No sé si podría vivir en México.

—¿Por mí, Richard? ¿Por nosotros? ¿No quieres darnos una oportunidad?

Lore comenzaba a molestarse por su reticencia.

Hubo un largo silencio en el que ambos contuvieron las lágrimas. Éste no era el momento para ser débil, eso quedaba claro. Tal vez lo habían perdido todo en la guerra, pero a cambio habían recibido el regalo de la fortaleza.

—Hagamos un trato —dijo Lore—. Dale una oportunidad a México. Sólo un año. Si lo odias, prometo volver contigo a Nueva York.

Debía admitir que era un trato justo.

—¿Ahora qué hago? —dijo él—. ¿Me pongo de rodillas?

Eufórica, Lore lo abrazó y le dio de besos.

1947

Nueva York, Estados Unidos

Lo que Richard quería era comprar el Buick descapotable color rojo brillante que se exhibía en el escaparate de la agencia por la que pasaba diario camino al trabajo. Ese vehículo no era hermoso, era perfecto y, por lo tanto, carísimo. A unas cuadras de esa agencia había un lote de autos usados, viejos y feos, más apto para alguien como Richard. Fue allí donde encontró un viejo Ford negro que se vendía a 1,200 dólares. El dueño del lote había dicho que ése era el precio final.

—El motor es excelente y mil doscientos es un precio más que justo.

Al final, Richard se llevó el auto con un muy pequeño descuento. El motor, torpe y ruidoso, estaba lejos de ser excelente, pero el automóvil funcionaba y eso era suficiente.

—¿Gastaste la mitad de tus ahorros en esto? —preguntó Lutz parado afuera de su edificio entre dos maletas.

—Lo arreglaré en algún taller en México. La mano de obra allí es más barata.

—Con esa cosa dudo que lleguemos a Atlanta.

Era el último día de 1946, una mañana con nieve y fuertes vientos. Lutz apenas aprendía a conducir, por lo que no sería de mucha ayuda durante el largo viaje. Debido a que tenían poco dinero en efectivo, una vez que se terminaron los sándwiches que llevaban en su hielera, los hermanos no volvieron a comer hasta que se detuvieron en la ciudad fronteriza de Laredo, Texas, la mañana del 2 de enero.

En la frontera, los oficiales mexicanos de inmigración no le dieron más que un vistazo al pasaporte de Richard, pero, desafortunadamente, la única identificación que tenía Lutz era su visa, la cual, según los oficiales, no era suficiente. Richard intentó explicarles que eran hermanos, refugiados alemanes, y que la ciudadanía estadounidense de Lutz había sido ya aprobada. Los oficiales dijeron que tendrían que hablar con su jefe, quien no se presentaría hasta la mañana siguiente.

No hubo más remedio que gastar mucho del poco dinero que les quedaba en rentar una habitación en un motel cercano. Pero a la mañana siguiente el jefe seguía desaparecido. Volvieron al Ford negro furiosos. ¿Alguna vez llegaría a trabajar el famoso jefe? ¿El jefe existía o simplemente estaban siendo extorsionados por los oficiales?

Richard y Lutz se quedaron mirando el desierto mexicano tan cerca y tan lejos de ellos. Después de un par de minutos, Richard dijo:

—¿Y si enciendo el coche y nos vamos?

—¿A dónde? —dijo Lutz.

—¡A México!

Al fin y al cabo, no había obstáculo físico alguno que les impidiera la entrada al país.

—¿Y si nos atrapan?

—¿Los de inmigración? —preguntó Richard—. ¿No los viste? Apenas si se levantan de la silla, dudo que nos persigan.

1947

Distrito Federal, México

Richard encendió el motor. Respiró hondo.

Fue muy emocionante. Richard nunca hubiera pensado que el viejo Ford podía acelerar tanto. Lutz sacó los brazos y la cabeza por la ventana, gritando a todo pulmón contra el viento mexicano. Richard decidió que de ahora en adelante siempre conduciría rápido. El vendedor había dicho la verdad: ¡el motor era excelente!

Todo fue felicidad hasta que empezó a salir humo del cofre, tanto humo, de hecho, que Richard no pudo más que detenerse.

—¡Se está quemando! —exclamó Lutz abriendo el cofre con un trapo. El humo era negro carbón—. ¿Qué hacemos?

—No hay mucho que podamos hacer —opinó Richard y señaló una tienda—. Vamos por un refresco mientras esta basura se enfría.

La tienda era un oasis, algo maravilloso en medio de la nada. Los hermanos se compraron un par de Coca-Colas y salieron a sentarse en una gran roca a disfrutar de sus bebidas. De repente, la mujer que les había vendido los refrescos salió empujando una carriola, pero dentro de ella no había un bebé, sino un mono. El mono también disfrutaba una Coca-Cola igual que Richard y Lutz.

—¿Así que esto es México? —dijo Lutz.

—Sí que lo es, hermano. Sí que lo es.

Llegaron por fin a la ciudad la noche del 3 de enero. Richard todavía no sabía ubicarse, pero recordaba que Lore vivía cerca de la Avenida de los Insurgentes. Los hermanos estaban exhaustos y hambrientos. Lutz intentó convencer a su hermano de que se detuvieran a cenar, pero Richard no quería gastar más dinero.

—Los Steiner nos alimentarán cuando lleguemos.

¿Llegarían a casa de los Steiner? Cada dos cuadras se detenían para pedirle indicaciones a algún peatón, pero, como no sabían casi nada de español, no era de mucha ayuda. Cuando finalmente encontraron el edificio, por allí de las dos de la mañana, el Ford negro tosía tanto humo que ni siquiera podían ver los autos frente a ellos. Richard arrojó un par de piedrecitas a la habitación de Lore para no despertar a sus padres. Lore bajó en bata y la siguieron al departamento, donde cada sofá de la sala tenía una almohada y una cobija.

—¿Y la cena? —preguntó Lutz en la total oscuridad una vez que Lore se había retirado a su habitación.

—Duerme, Lutz. Comeremos mañana.

Se casaron el 16 de enero en casa de Friedel, la tía de Lore en cuyo ático se habían alojado los Steiner, la que tenía el próspero negocio en la ciudad. Aunque la casa de Friedel era mucho más grande que el departamento de los Steiner, seguía siendo un hogar pequeño. Las veinte personas reunidas para la ceremonia estaban todas apretadas en la sala bajo una nube de humo de cigarro.

Lore vestía de chaqueta y falda color negro, las prendas más elegantes que tenía, mientras que Richard portaba su único traje. Después del breve discurso del rabino, la pareja se intercambió los anillos de boda. El entretenimiento del evento consistió en un marimbero tocando en el patio. Richard nunca había visto un instrumento así, una hilera de barras de madera que el músico golpeaba con pequeños mazos, pero al instante le encantó.

—Cada vez que escuche una marimba —le dijo a Lore durante un baile íntimo—, pensaré en ti.

Los invitados empezaron a retirarse cuando se metió el sol. Después de toda la celebración, el baile, la comida y la bebida, la realidad comenzó a acomodarse en la mente de Richard. Ahora era un hombre casado. ¿Qué pensarían mamá, papá y Oma de todo esto? De seguro se habrían divertido mucho en la fiesta. Oma habría cantado una canción popular alemana con la marimba de acompañamiento, probablemente "Hoy aquí, mañana allá". Parado afuera con Lutz esperando a que llegara un taxi para llevar a éste al aeropuerto, Richard casi podía escuchar la animada voz de su abuela cantando en alemán.

Heute hier, morgen dort
Bin kaum da, muss ich fort
Hab' mich niemals deswegen beklagt
Hab' es selbst so gewählt
Nie die Jahre gezählt
Nie nach Gestern und Morgen gefragt

—Felicidades, hermano —dijo Lutz con lágrimas en los ojos cuando un taxi se detuvo frente a ellos—. Tendrás una vida feliz con Lore. De eso no tengo duda.

Durante el largo abrazo, Richard sintió culpa, como si estuviera abandonando a su hermano. Pero Lutz comenzaba su propia vida en Nueva York, ya tenía un trabajo allí y pronto encontraría una mujer. Todo estaría bien.

Cuando los recién casados amanecieron en su suite de un pequeño hotel en Avenida Reforma, Lore se veía triste. ¿Tan rápido se estaba arrepintiendo del matrimonio?

—Por supuesto que no —dijo ella.

—¿Entonces qué pasa?

—¿Por qué no tendremos una luna de miel como todos los recién casados?

El tema se había discutido hasta el cansancio en costosas conversaciones telefónicas de larga distancia, en cartas y en persona. A Richard no le gustaba estar obsesionado con el dinero y la frugalidad, pero ¿podía ella culparlo? Había conocido el hambre, el hambre real. Su hermano, por el amor de Dios, casi muere de inanición. Derrochar en un viaje se le hacía absurdo.

—De ninguna manera —dijo él por enésima vez—. Ya gasté suficiente dinero en esta habitación.

—¿Ni siquiera podemos ir a visitar algún lugar cercano? ¿Qué te parece Cuernavaca?

—Lore, quedamos en esto. Dijiste que estabas de acuerdo.

—Pues no lo estoy.

El precio de un modesto hotel en la tranquila Ciudad de la Eterna Primavera, como se le conocía a Cuernavaca, dejó boquiabierto a Richard. El matrimonio comenzaba a ser algo mucho más caro de lo que había pensado. ¡Tan sólo llevaba un día de casado y ya casi estaba en la quiebra! La pareja volvió al Ford negro completamente desinflada, avergonzada. Se dirigieron a otro hotel, el cual resultó ser aún más caro. Luego otro. Y otro. No les alcanzaba para ninguno.

—¿Y Acapulco? —dijo Lore cuando le había quedado claro que Cuernavaca era demasiado lujosa para ellos.

—¿Aca-qué?

—Aca-*pulco*. Es una playa. A Friedel le encanta. Es un lugar muy turístico, así que debe haber todo tipo de hoteles.

—¿Qué tan lejos está?

—A cuatro horas de aquí, tal vez cinco.

Richard volvió a la carretera a regañadientes.

Seis horas más tarde pensó que tal vez iban por el camino equivocado. ¿Dónde acabarían? Rezó para que de alguna manera aparecieran en el Distrito Federal para ponerle fin a este ridículo plan. Al final, fueron casi ocho horas para llegar al letrero descolorido que les daba la bienvenida a Acapulco. Una vez más se horrorizaron por el precio de los hoteles y visitaron cinco antes de aterrizar finalmente en el Shangri-La, el cual tenía habitaciones de descuento a setenta pesos la noche, con tres comidas incluidas.

Esa noche Richard y Lore se metieron a la regadera juntos por primera vez.

Cuando ambos estaban enjabonados, sus cabelleras cubiertas de champú, el agua repentinamente dejó de caer. Corrieron al lavabo, pero de allí tampoco salía agua. Envueltos cada quien en una toalla, la pareja corrió a la piscina a enjuagarse completamente desnudos. No podían parar de reírse de su terrible suerte.

La risa llamó la atención de un empleado del hotel que apareció en su uniforme blanco regañándolos en español. Señaló enfurecido un letrero que decía en un mal inglés que la piscina estaba cerrada entre las 8:00 p. m. y las 8:00 a. m. Querían explicarle al señor su desafortunada situación, pero estaban de un humor tan tonto que las risas sólo se hicieron más fuertes.

Después de gritarles un par de palabrotas más, el empleado, derrotado, volvió al lobby.

El día en que Richard y Lore volvieron a la ciudad, Joseph llevó a su nuevo yerno a la Compañía Universal, la empresa textil de Friedel. Montados en el tranvía que los transportaba al centro, Joseph habló con relativo entusiasmo sobre la gran oportunidad que se le presentaba a Richard, quien, cuando pisó la calle Venustiano Carranza, comenzó a ilusionarse con la vida que le esperaba en México. Esta actitud cambió en cuanto vio las oficinas de la Compañía Universal, una pequeña bodega polvorienta con no más de veinte empleados.

—Empaca tus cosas —le dijo Richard a Lore tan pronto como volvió a casa esa noche—. Nos vamos a Nueva York.

La única duda que quedaba era cómo volverían, ya que el Ford negro, tras el largo viaje a Acapulco, necesitaba de un costoso arreglo mecánico y un par de llantas nuevas.

Lore, sin embargo, le recordó su promesa:

—Dijiste que le darías un año. ¡No llevas ni un día!

No había cómo discutir. Ella tenía razón.

Friedel era una mujer trabajadora y algo excéntrica con un voluminoso peinado teñido de púrpura. Richard le expresó su sincero agradecimiento por contratarlo como director de ventas e importación a pesar de que no tenía experiencia en esas áreas. Richard desayunaba cada mañana con su esposa y luego visitaba tantas tiendas departamentales como podía, transportándose en tranvía y a pie. Iba a El Puerto de Liverpool, El Palacio de Hierro, El Puerto de Veracruz, Gran Sedería... Las visitaba todas. Aunque al inicio le preocupaba no poder comunicarse con sus clientes, afortunadamente la mayoría de ellos hablaba al menos un poco de inglés.

Dondequiera que iba, Richard cargaba consigo dos bolsas gigantes de muestras y para cuando terminaba el día laboral, sufría terribles dolores de espalda que sólo podía aliviar acostándose bocabajo en el sofá durante una o dos horas. Richard y Lore apenas tenían suficiente dinero para comer y a veces ni eso. Tan pronto como Richard recibía el sobre quincenal con sus comisiones de la Compañía Universal, la mayor parte se le iba de inmediato en las deudas acumuladas. Muchas veces no tenía ni los cuarenta centavos que costaba un boleto para el cine.

Las cosas empeorarían todavía más. Debido, en parte, a que el presidente Lázaro Cárdenas había expropiado la industria petrolera, hubo un éxodo alarmante de dinero de México y en agosto de 1939 el peso sufrió una terrible devaluación. La tasa de interés, abierta a los jalones del mercado, comenzó a variar enormemente día a día, dejando a la economía del país en un estado caótico y de total incertidumbre. Hambre e hiperinflación. Éstos eran conceptos con los que Richard y Lore ya estaban familiarizados. La Compañía Universal recibía sus pagos en dólares, por lo que Richard se confundió y luego se enojó al ver que sus comisiones aún eran calculadas con el tipo de cambio vigente en su contratación. Mientras que antes de la devaluación su trabajo era mal pagado, ¡ahora trabajaba prácticamente gratis!

Richard se quejó de esto comiendo en casa de sus suegros, donde Lore comía diario.

—Lo siento —les dijo a los Steiner—, pero Friedel me está engañando. Es así de simple.

—Seguramente es un malentendido —intervino Clara—. Háblalo con mi hermana. Estoy segura de que te darán hasta el último centavo que te deben.

Pero Richard sabía que no sería tan fácil. En la Compañía Universal no se hacía nada sin la previa aprobación de Clara, una astuta empresaria que se encargaba de todos los detalles.

El lunes a primera hora, Richard fue a la oficina del contador a expresarle sus preocupaciones.

—Disculpa, Richard —le respondió—, pero no entiendo cuál es el problema.

—Que no me están pagando con el tipo de cambio actual.

El contador levantó los hombros.

—Pues si quieres háblalo con la jefa.

Friedel se sorprendió cuando Richard fue a verla.

—Te estoy pagando con el tipo de cambio vigente en tu contratación.

—Correcto, Friedel. Mi comisión ahora debe ajustarse al tipo de cambio actual.

—¿Según quién?

—Según el sentido común.

—No estoy de acuerdo y te pido por favor que no vuelvas a decirme cómo manejar mi negocio. Hasta luego.

Era demasiada humillación. Aunque no tenía idea de cómo iba a mantenerse a él mismo y a Lore, Richard fue a su escritorio, redactó su carta de renuncia y se la entregó personalmente a Friedel. Al salir de allí, Richard fue al teléfono público más cercano para avisarle a Lore de lo ocurrido. Después llamó a Jack Ruddy. Jack era un comprador estadounidense en Salinas y Rocha con quien Richard se llevaba muy bien. De hecho, cuando se conocieron y Richard le platicó su historia, Jack inmediatamente llamó a un reportero amigo suyo que terminó escribiendo un artículo sobre Richard para el periódico. PROVEEDOR DE SALINAS Y ROCHA ALGUNA VEZ INTERROGÓ A GÖRING, decía el titular. Claro que Richard nunca había interrogado a Göring personalmente, y eso fue lo que le dijo al amigo de Ruddy, pero el reportero no quería la verdad, quería vender periódicos.

Jack y Richard se vieron esa misma tarde en el café del Hotel Prado. Jack le dijo que había hecho bien en dejar su trabajo, pues lo que Friedel le hizo no era correcto.

—El único problema —comentó Richard—, es que ahora he pasado de la pobreza a la pobreza y el desempleo.

Jack lo pensó un momento, mientras le daba un trago a su Singapore Sling.

—Ojalá pudiera ofrecerte algo en Salinas y Rocha, pero por el momento no estamos contratando.

—Te lo digo honestamente, Jack, no sé qué voy a hacer.

—Espera un momento. ¿No me habías mencionado que tu esposa es costurera?

Richard asintió.

—¿Y es buena?

—Sus clientes la adoran.

—Allí está la solución. ¿Por qué no fabricas tú las prendas?

—¿Desde cero?

—México es un lugar extraño, Richard. —Jack le compró una cajetilla de Luckies a la cigarrera y encendió uno—. Aquí en realidad sólo hay un fabricante de vestidos y dos de blusas. Como no hay competencia, les va de maravilla.

—Claro.

—No sería fácil, pero si crees que Lore puede con el paquete, Modelos Pick sería un gran negocio.

Richard le planteó el tema a Lore durante la cena. Ambos estaban tensos por su precaria situación financiera.

—¿Es una broma?

—Fue Jack Ruddy quien me lo propuso.

—¿Y yo cosería los vestidos?

—Creo que deberíamos empezar con blusas.

—Y tú las venderías.

—Claro.

—¿Y los diseños?

—Podríamos comprar patrones.

Finalmente, algo de esperanza en el rostro de su esposa.

—No veo por qué no podría hacer algunas blusas.

Para el viernes, Richard había comprado ya cuatro patrones y 300 pesos en tela de rayón blanco. Lore cosió las blusas usando la vieja máquina Singer de su madre.

Jack Ruddy quedó impresionado con las muestras que Richard llevó a Salinas y Rocha por la mañana del lunes. Sin embargo, él sólo estaba autorizado para comprar vestidos y faldas. Richard se desanimó. Estaba seguro de que la venta a Ruddy estaba poco menos que hecha. Con ese dinero, Richard planeaba comprar más patrones y material.

—¿Entonces quién sí está autorizado? —preguntó, intentando esconder su molestia.

—Washburn, en el tercer piso. Te soy sincero, el tipo no es muy agradable.

Washburn era flaco y calvo, de voz aguda. Su pequeño rostro estaba dividido por un fino bigote. Tras esperar a Washburn durante más de una hora, Richard colocó las muestras sobre su escritorio con mucho cuidado. Las blusas que colgaban de las paredes de la oficina eran todas horribles. Seguramente las de Lore eran de mucha mejor calidad. Washburn analizó las prendas durante lo que se sintió como una eternidad. ¿Estaba pensando en cómo rechazarlo?

—Nunca había oído de ti —dijo Washburn.

—Estamos comenzando, señor. Pero tengo una muy buena relación con Jack Ruddy.

—¿Con Ruddy?

Tal vez no debió mencionarlo.

—Le aseguro, señor Washburn, que nuestras blusas no sólo son hermosas, sino también de la más alta calidad. Todas están impecablemente cosidas.

Washburn se talló el puntiagudo mentón.

—¿Tienes buen inventario?

Richard mintió, diciéndole que sí, que de hecho El Puerto de Liverpool ya le había pedido un buen número de blusas para la siguiente temporada.

—Muy bien —dijo Washburn—. Tráeme una docena.

Richard quería gritar de alegría.

—¿De qué modelo, señor Washburn?

—De todos. Si me entregas un buen producto, puede que te pida más.

Esa tarde, cuando Richard volvió a casa con la noticia, Lore lo abrazó y ambos brincaron de la felicidad.

El martes se levantaron de madrugada y, antes incluso de hacerse un café, colocaron la tela sobre la única mesa que tenían. Lore puso el patrón, marcó la tela con un lápiz rojo y comenzó a cortar con las tijeras de su madre. Debido a que tenían sólo un par de tijeras, podía cortar uno a la vez. Cuando las manos comenzaban a dolerle a Lore, Richard la relevaba y viceversa. Para la medianoche, las manos derechas de ambos estaban ampolladas y cubiertas de sangre seca.

—Todavía queda tanto por hacer —dijo Lore secándose el sudor de la frente con un trozo de tela—. ¿Cuándo le dijiste a Washburn que estarían listas?

—Él cree que ya están listas. Si supiera que no tenemos inventario, que la compañía somos tú y yo en nuestro departamento, nunca hubiera hecho el pedido.

Lore se levantó a las cinco de la mañana del día siguiente para continuar trabajando y Richard se le unió un poco después. Ambos trabajaron así durante días hasta que, finalmente, el pedido quedó listo. Para entonces estaban tan cansados que ni siquiera podían sentir algo de orgullo por lograr su meta.

Lore preguntó la hora. Era mediodía. Richard dijo que debía llevarle las prendas a Washburn lo antes posible. ¿Y si había cambiado de opinión porque Richard se demoró en entregarle el pedido? No sólo habrían trabajado gratis, sino que perderían su inversión de 300 pesos. Cuando Richard llamó a la oficina de Washburn para concertar una cita, la recepcionista le informó que su jefe estaba a punto de salir al aeropuerto.

—¿Al aeropuerto?

¡Washburn pasaría una semana en los Estados Unidos!

Richard colgó el teléfono, tomó las bolsas y corrió a tomar el tranvía.

No fue hasta que estaba a unas pocas cuadras de Salinas y Rocha que Richard se percató de que se le había olvidado etiquetar las blusas. Si le entregaba a Washburn la mercancía así, sin etiquetas, éste, con justa razón, lo echaría de su oficina. Era difícil imaginar un error más grande para un fabricante de prendas. Se bajó del tranvía en la siguiente parada y se apresuró a la mercería más cercana, pero una vez allí vio que el local ahora albergaba una carnicería. Corrió como loco preguntándole a quien se le pusiera enfrente si sabían de alguna mercería, pero a la gente le asustaba su desesperación.

Miró su reloj de bolsillo: Washburn probablemente estaría ya en camino al aeropuerto. Cuando por fin encontró una mercería, el dueño le dijo que ya no tenía etiquetas.

—¡No! —exclamó Richard. Dejó las bolsas en el suelo y permitió que las gotas de sudor se deslizaran por su rostro. Ahora sí no había forma de que llegara a tiempo. Al volver de su viaje, Washburn de seguro ya se habría olvidado de Richard y el pedido.

—Sabes qué —dijo el dueño de la tienda—, déjame ver si puedo encontrarte algunas etiquetas sobrantes en la bodega.

Así de desesperado se veía. Cuando el hombre entró a la bodega, a Richard lo sepultó una repentina tristeza. Claro, la tienda. Era muy parecida a la de su padre. Volvió a su infancia en Alemania, cuando no tenía idea del horror que le esperaba.

—¡Debe ser tu día de suerte! —dijo el dueño cuando volvió con una bolsa de etiquetas.

Richard le dio el poco dinero que llevaba en la cartera. ¿Cuánto más le quedaba en casa? Si Washburn no le pagaba hoy tendría que pedir más dinero prestado para comprar comida. El dueño de la tienda le ayudó a poner las etiquetas de talla en las prendas y Richard corrió a Salinas y Rocha. Llegó como vagabundo, con la camisa fuera del pantalón, los zapatos cafés ya grises con polvo y la corbata a medio atar. Se arregló lo mejor que pudo en el baño del vestíbulo y corrió al ascensor.

—El señor Washburn no se ha ido —dijo la recepcionista (¡gracias a Dios!)—, pero ya no recibirá a nadie.

Richard la ignoró, irrumpiendo en la oficina del comprador.

—¡Caramba! —dijo Washburn—. Te ves fatal.

Richard le explicó que se había apresurado al oír de su viaje.

—Esa pobre mujer —dijo refiriéndose a su recepcionista—. La mayor parte del tiempo no sabe ni cómo se llama. Mi viaje a Estados Unidos es hasta la próxima semana.

Washburn era un hombre serio, pero no pudo evitar sonreír cuando vio las blusas.

El éxito de su primera venta le dio la confianza para llevar sus prendas a El Puerto de Liverpool, una tienda un poco más lujosa que Salinas y Rocha. Cuando El Puerto de Liverpool metió su pedido, tres veces más grande que el de Washburn, Lore le dijo a Richard que de ninguna manera podría cumplir usando esas tijeras desafiladas; la tarea le llevaría una eternidad.

Richard fue con un fabricante de camisas para caballero que estaba a unas cuadras de su departamento y le preguntó al dueño si tenía una rueda de corte de repuesto que pudiera alquilarle. El hombre tenía una sola rueda que su empleado usaba de lunes a sábado de 8:00 a. m a 6:00 p. m. Así que llegaron a un acuerdo: Richard recogería la rueda todas las tardes a las a las 6:00 p. m. para devolverla la mañana siguiente. Como no le quedaba más dinero para dejar como depósito, Richard le entregaría al señor su anillo de bodas cada que se llevara la rueda.

Richard le compró la tela al señor Atri. Aunque Atri, también un inmigrante judío, había llegado a México analfabeto y sin hablar una sola palabra de español, pronto se había convertido en un gran hombre de negocios. Lore comenzaba a cortar tan pronto como recogían los platos después de la cena y trabajaba sin descanso hasta después de la medianoche. Por la mañana, Richard devolvía la máquina y se iba a hacer su trabajo de ventas.

Poco a poco empezó a irles mejor. De hecho, recibían tantos pedidos que no se daban abasto. Richard tuvo que conseguir un préstamo para comprar una máquina cortadora Simplex, un grande y espantoso artefacto de acero. También tuvieron que contratar costureras, las cuales no cabían en el pequeño departamento. Así que Richard y Lore se mudaron a uno en la calle Atlixco, el cual era casi tres veces más grande. Otra ventaja era que los niños Bloch, Rolph y Heinz, hijos de los alemanes que vivían en el tercer piso, siempre jugaban futbol en el patio y Richard se les unía en las tardes. A veces el carpintero y el zapatero, quienes tenían sus locales en el mismo edificio, también jugaban. Esos partidos informales le recordaban a Richard las divertidas tardes en casa de Alfred. De haber tenido la edad de Rolph y Heinz, seguramente serían sus buenos amigos.

En la casa de los Bloch había un televisor blanco y negro, el primero que Richard había visto fuera de alguna tienda departamental, y los domingos el señor Bloch lo invitaba a ver los partidos de la liga mexicana. Qué locura, pensó Richard, es poder ver el futbol desde la comodidad de tu casa. Era realmente maravilloso. Esos domingos con los Bloch familiarizaron a Richard con los equipos más populares de México: El América, que era el equipo de Rolph, el Guadalajara, el de Heinz, el Club Marte y el Atlas. Algunos sábados por la noche, Richard también veía el box en casa de los Bloch. Nunca le había gustado el boxeo, pero la sola experiencia de ver deportes por televisión le era tan emocionante que incluso hubiera visto el críquet si éste fuera transmitido por alguna cadena mexicana.

Lore, equipada con la confianza que trae el éxito, comenzó a hacerles ligeros cambios a los patrones. Improvisaba, por ejemplo, con el collar o le agregaba un pequeño moño al escote. Los cambios eran mínimos, insignificantes ante los ojos de Richard, pero lograban maravillas en cuestión de ventas. A medida que fue mejorando el negocio, empezó a surgir algo de competencia. Cada semana aparecía otro nuevo fabricante de ropa en la ciudad. Mientras que antes Richard podía entrar sin problemas directamente a las oficinas de los grandes compradores, ahora, si quería visitarlos, tenía que esperar largos ratos junto con los demás vendedores. Además, para empeorar las cosas, los compradores se daban el lujo de regatear.

Por primera vez en mucho tiempo, Richard no estaba en una situación económica precaria. Esta relativa tranquilidad le permitió lamentar no haber completado su educación. Siempre le había encantado la escuela y el aprendizaje. Se inscribió en el Mexico City College, una universidad de habla inglesa en el Distrito Federal. El campus estaba convenientemente ubicado en la colonia Roma, a tan sólo unas cuadras del departamento. Fue así como Richard comenzó a estudiar Economía. Estaba increíblemente ocupado, pero era un ritmo de vida que le acomodaba. Por las mañanas vendía blusas y en las tardes iba a la escuela. Sin embargo, ese ritmo de vida se complicaría aún más cuando Lore descubrió que estaba embarazada.

—Espero que sea niño —dijo Richard, sin pensarlo, una noche durante la cena.

Lore le pidió que no hablara de esa manera. Debían estar felices con el bebé sin importar su sexo. Tenía razón, claro, pero la emoción de tener un varón era tanta que algunas veces no podía dormir. Le enseñaría a jugar futbol, ésa sería su prioridad. ¿Querría el niño ser portero, como su padre, o delantero? Tal vez sería un gran centro-campista, como Hans Grubauer. Cada fin de semana Richard lleva-ría al niño al estadio a ver un partido.

Después de que les anunciaran el embarazo a las costureras, una de ellas, Matilde, se le acercó a la pareja en la oficina de Richard. Esto se les hizo extraño, pues Matilde era más que tímida. De hecho, Richard no recordaba si alguna vez había escuchado su voz.

—Felicidades, señor y señora Pick.

Le agradecieron.

—Quería saber si tenían alguna curiosidad por saber el sexo del bebé.

—Un poco, claro —dijo Richard.

—Yo les puedo decir el sexo.

Lore soltó una pequeña risa.

—¿Disculpa?

—Si lo desean, yo puedo decirles si tendrán un niño o una niña.

Richard comenzaba a ponerse nervioso.

—¿Y cómo tendrías dicha información, Matilde?

—Tengo poderes, señor Pick.

El nervio se convirtió en miedo.

—¿Qué tipo de poderes?

—Puedo saber el sexo de un bebé antes de que nazca.

—Muchas gracias, Matilde. Tal vez en otro momento.

—¿Cómo lo haces? —preguntó Lore.

¿En qué estaba pensando?

—Sólo necesito su anillo de bodas, señora, y un poco de hilo.

—¿Has hecho esto antes? —preguntó Richard.

—Muchas veces, señor.

—¿Y en cuántas adivinaste correctamente?

—No adivino, señor Pick. Es un método infalible que se ha usado en mi familia por varias generaciones.

Lore volvió con el hilo y Matilde lo estiró a lo largo de la mesa, marcando tres puntos con saliva. Le preguntó a Lore en qué semana estaba.

—Catorce —respondió.

Matilde lo pensó un momento mientras murmuraba algunos cálculos para luego cortar la cuerda mordiendo en uno de los marcadores. Metió un extremo de la cuerda en el anillo y lo ató como si fuera un collar.

—Acuéstese en el escritorio, señora Pick.

Limpiaron la superficie del escritorio y Lore se acostó como en una mesa quirúrgica. Matilde le levantó un poco la blusa a Lore. Luego puso ambas manos sobre el vientre desnudo de la embarazada y susurró algo que sonaba a rezo. Matilde colgó el anillo sobre el vientre y dejó que oscilara, de repente tomándolo con la otra mano. Luego volvió a balancear el péndulo.

—Será varón —dijo con la seriedad de un médico.

Lore se sentó y la costurera le entregó su anillo.

—¿Así de simple?

—¿Simple, señor Pick?

—¿Cómo lo sabes?

Matilde parecía confundida por la pregunta.

—Lo sé porque… Pues porque será niño.

Richard y Lore apenas pudieron contener la risa. ¿Cómo era que habían caído en tal promesa, aunque fuera tan sólo por un segundo? El sexo del bebé era algo que ni siquiera el mejor doctor del mundo les podría decir. Sin embargo, esa noche en la cama, mientras intentaban quedarse dormidos, Lore le confesó a Richard que desde la sesión con Matilde no podía deshacerse de la idea de que tendrían un niño.

—Es como si me hubiera convencido.

Richard confesó que él también había estado pensando en su futuro hijo.

—¿También crees que tendremos un niño?

—No es que lo crea —dijo Richard, sonando a Matilde—. Lo sé. No tengo ninguna duda.

Antes de quedarse dormidos ya habían elegido el nombre: Peter.

Al día siguiente Richard volvió a casa con una piyama azul para Peter. Lore le había comprado un camioncito de juguete.

Lore conoció, una mañana en que paseaba por el Parque México, a una mujer que también tenía veintitantas semanas de embarazo. Había sido ella la que inició la plática, se llamaba Alicia Esparza y era una brillante licenciada en Historia. Al oír un par de anécdotas del pasado de Lore, Alicia la invitó a la Nevería Roxy, una popular heladería en la calle de Mazatlán, para que siguieran conversando.

La conexión entre ambas fue inmediata y supieron desde ese día que serían grandes amigas. Mientras que la mayoría de los mexicanos miraba a Lore con algo de recelo por ser extranjera y judía, Alicia no tenía más que respeto por su cultura. Las dos mujeres comenzaron a reunirse todos los martes y jueves en la Roxy, donde Lore pedía sin falta un helado doble de café. Lore amaba el helado de café más que a nada en el mundo y en ningún lugar lo hacían mejor que en la Roxy. Como Richard trabajaba largas horas y después asistía a la universidad, fue un acontecimiento bienvenido que Lore tuviera una nueva amiga que le hiciera compañía.

—Bernardo, su esposo, también trabaja en ventas —le platicó Lore a Richard una noche que volvían del cine.

—¿Ah, sí? ¿Qué vende?

—Autopartes. Y es un gran aficionado al futbol, como tú. Alicia y yo no tenemos duda de que ustedes se llevarían bien. ¿No sería maravilloso que tú y Bernardo fueran amigos como Alicia y yo?

—No tengo tiempo para hacer amigos —dijo él—. Y cuando Peter nazca perderé el poco tiempo de ocio que me queda.

Pero eventualmente Richard cedió ante la insistencia de Lore y aceptó la invitación de los Esparza para ir a tomar café. Habían quedado a las cinco de la tarde del viernes, pero Richard tuvo una larga reunión con un comprador de El Palacio de Hierro y llegaron con más de una hora de retraso. A los Esparza esto no pareció importarles. Eran personas alegres y tranquilas. Bernardo de inmediato le simpatizó a Richard. El hombre era como una enciclopedia, capaz de hablar a profundidad sobre cualquier tema, desde Hermann Hesse y otros grandes de la literatura alemana, hasta las posibilidades de que el Atlante se coronara campeón ese año. Los cuatro la pasaron tan bien que después del café fueron por unos tacos y luego a un bar por una copa. Cuando, pasada la medianoche, se despidieron, fue Richard, para sorpresa de Lore, quien insistió en que los Esparza fueran a comer a su casa uno de esos días. Lore se había vuelto una experta para cocinar espagueti a la boloñesa, les dijo, y Bernardo y Alicia tenían que probarlo.

Mientras se lavaba los dientes esa noche, Richard pensó que debía socializar más. La vida no era, o al menos no debería ser, únicamente trabajo. Debía darse un espacio para lo agradable, lo divertido.

Preparándose para la llegada de Peter, los Pick alquilaron el departamento contiguo al suyo para convertirlo en su nueva oficina. A partir de ese momento el departamento original sería solamente un hogar, separado por un muro del mundo laboral. Peter tendría un amplio espacio para jugar y ser feliz sin tener que preocuparse por tropezarse con las costureras y sus máquinas de coser. Una vez vaciada la casa de todo el material de trabajo, los Esparza llegaron a probar el famoso espagueti a la boloñesa de Lore.

Richard preparó un par de martinis para los hombres y Shirley Temples para las embarazadas. Los amigos charlaban y reían tan plácidamente que a Lore se le olvidó el espagueti hasta que el departamento se comenzó a llenar de vapor. Lore corrió a la cocina entre risas, lamentándose de su distracción. Tomó la olla y, al pisar un poco de aceite derramado en el piso de azulejo, se resbaló, cayó de espaldas y se derramó el agua hirviente encima.

Richard nunca había escuchado un sonido tan perturbador como aquel grito de su esposa. Él y los Esparza corrieron a la cocina de inmediato, donde se encontraron a Lore acostada bocarriba sosteniendo su vientre.

—El bebé —decía—. El bebé.

Debido a que el consultorio del ginecólogo de los Pick estaba lejos, los Esparza sugirieron que visitaran al suyo, quien recibía pacientes allí en la colonia Condesa. Richard se sentó en la sala de espera entre Bernardo y Alicia, con la mujer tomándolo de la mano. No podía hablar o siquiera pensar mientras aguardaba a que el médico examinara a Lore. Los Esparza le ofrecían palabras de aliento, pero tampoco los podía escuchar muy bien. De hecho, Richard ni siquiera estaba en la sala de espera, estaba en algún otro lugar, en otra dimensión, y era sólo su cuerpo el que permanecía en ese consultorio. Extrañaba a Lutz. Quería el apoyo de sus padres. Necesitaba volver a Stuttgart, con Oma.

El médico apareció secándose el sudor de la frente con un pañuelo.

—¿Cómo está? —preguntó Alicia, dado que Richard permanecía inmóvil.

—Todo bien —respondió él—. Ambos se encuentran estables.

—¿El bebé está a salvo? —preguntó Richard al encontrar otra vez el aliento.

—Todo está en orden, señor Pick.

Cuando visitaron a su ginecólogo, éste le recomendó a Lore descansar durante el resto del embarazo. Ella obedeció, apenas dejó la cama durante los siguientes dos meses y se levantaba sólo cuando era absolutamente necesario. Era la primera vez en que pasaba más de un par de días sin trabajar desde su llegada a México.

Cuando Alicia dio a luz a una hermosa niña, a quien llamaron Isela, Richard fue al hospital a visitar a sus amigos y a conocer a la bebé. No esperaba sentirse tan abrumado por el milagro de tener un recién nacido entre los brazos.

—Se llevará de maravilla con Peter —dijo un sonriente Bernardo.

Los Esparza eran las únicas personas a quienes Richard y Lore les habían platicado la historia de Matilde y su péndulo mágico, así como el nombre del bebé. Apenas un par de semanas después del nacimiento de Isela, Lore entró en parto. Todo comenzó con unos gritos que Richard escuchó hasta su oficina. No eran gritos comunes de una mujer a punto de dar a luz, sino gritos como los del accidente. Con la ayuda del mensajero que estaba allí recogiendo unas blusas, Richard bajó las escaleras cargando a Lore y la metió en la parte trasera del Ford negro.

Lore no dejaba de gritar de camino al hospital.

—¿Tanto te duele? —preguntó Richard.

—Nada nunca me ha dolido tanto.

Lore estuvo en el quirófano durante más de tres horas. Esta vez el médico, su médico, llegó a la sala de espera con el rostro tenso. Lore había sobrevivido —apenas— pero el niño…

—Así que era varón —fue todo lo que Richard pudo decir.

1948

Distrito Federal, México

Tras la muerte de Peter, Richard y Lore estaban tan angustiados que no querían ver a nadie. Lloraban juntos, encerrados en el departamento, negándose a compartir su tristeza con el mundo. Le pidieron a la recepcionista que no les pasara ninguna llamada a la casa. Nadie más podría entender lo que estaban viviendo. Después de algunas semanas, cuando Richard finalmente se atrevió a ir por el montón de recados que habían recibido, tanto él como Lore se sorprendieron al no encontrar entre todos los nombres los de Alicia y Bernardo. Todos sus conocidos se habían estado preguntando cómo estaban —amigos, clientes, vecinos, meros conocidos—, pero sus nuevos amigos no habían hablado siquiera una vez.

A Lore le entristeció esta amistad perdida, pero Richard sintió un gran alivio. Le hubiera sido imposible ver a los Esparza después de lo sucedido. Su relación había muerto junto con Peter. Alicia y Bernardo estuvieron allí cuando sucedió la tragedia, lo vieron todo, escucharon el grito infernal de Lore, ¿cómo juntarse ahora a disfrutar de unos cocteles? ¿Cómo cargar a la pequeña Isela? Era imposible.

El dolor de Richard fue disminuyendo gradualmente gracias al trabajo y al estudio. Si había sido muy disciplinado y trabajador antes de perder a Peter, ahora lo era mucho más. Se despertaba antes del amanecer de lunes a sábado y, por lo general, su cabeza no tocaba la almohada hasta después de la medianoche. Sus días siempre estaban llenos con pedidos, compras, ventas, facturaciones, clases universitarias y largas horas de estudio en la biblioteca pública. El negocio creció tanto que tuvo que contratar a una cortadora y a un repartidor, a quien le dio una motocicleta.

1952

Distrito Federal, México

Pasarían años antes de que Lore volviera a embarazarse. Para entonces, la empresa, Creaciones Glamour, era una marca respetada en una buena parte del país. Afortunadamente, ese segundo embarazo se desarrolló sin contratiempos. Susan nació el 31 de julio pesando unos saludables tres kilos. Sus padres le prepararon una habitación bien amueblada y decorada e incluso pudieron permitirse el lujo de contratar a una niñera alemana, Mia. Sería poco decir que la pareja estaba fascinada con su bebé. Traer una vida a este mundo resultó ser una experiencia tremendamente sanadora después de la guerra, las muertes, la pobreza…

Tal vez por lo difícil que había sido su vida, Richard estaba muy preocupado de que algo malo le fuera a pasar a la bebé. Era demasiado hermosa, demasiado frágil y pura para el mundo. Una mañana, cuando Susan despertó llorando, con una fiebre altísima y bañada en sudor, Richard la llevó de inmediato al doctor, sin detenerse en un solo semáforo. Al pediatra le pareció tierno que Richard estuviera tan preocupado por algo tan insignificante como una fiebre.

—Es perfectamente normal para un bebé —dijo limpiándole la carita a Susan con una toalla húmeda—. Dale el biberón. Estará bien en un par de días, si no es que antes.

Pero pasaron dos semanas y Susan seguía con fiebre. Fueron días angustiosos en los que no durmieron ni la bebé ni los padres, días en los que Richard hacía lo posible por no preocuparse demasiado. Otra vez el padre llevó a su hija al pediatra, esta vez acompañado por Lore. El médico, ya sin la despreocupación de antes, recomendó unos análisis para la bebé. Los rostros de Richard y Lore empalidecieron cuando el médico les informó que Susan tenía tuberculosis. Morirá, pensó Richard. Morirá igual que Peter. De ser así, no había manera de que tuvieran otro hijo. Era demasiado doloroso. Estaban malditos. El destino no quería que fueran padres.

—Tienen suerte —dijo el doctor—. Acaba de salir al mercado un fármaco que parece combatir la enfermedad de forma eficaz, siempre y cuando se detecte a tiempo.

Lore preguntó, sin rodeos, si la niña sobreviviría.

—Eso no es algo que podamos saber con certeza.

Como el pediatra les dijo que el aire fresco y la luz del sol eran grandes aliados en la lucha contra la tuberculosis, todos los días Richard se tomaba un par de horas de descanso para llevar a Susan al Parque de Chapultepec.

Aunque no era Heidelberg, Chapultepec tenía enormes cipreses, grandes fresnos y frondosos sicomoros. El lugar también albergaba al Castillo de Chapultepec, el único castillo monárquico de América, el cual había fungido como la residencia del emperador austriaco Maximiliano I. Richard, con Susan, pasaba largos ratos debajo de la colina en cuya cima descansaba el castillo, siempre maravillándose con su majestuosidad como si lo estuviera viendo por primera vez. Esos paseos por Chapultepec, empujando la carriola de Susan, fueron oportunidades para una profunda introspección. Lejos del caos enloquecedor de la ciudad y de la agitada vida de los negocios, allí Richard podía pensar con claridad. Estaba orgulloso de lo que había logrado y más que agradecido por haber sobrevivido. Pero el silencio también le abrió la puerta a una serie de terribles pensamientos y recuerdos que el subconsciente había trabajado duro por suprimir.

Dando innumerables vueltas alrededor del lago, deteniéndose de vez en cuando para que su hija se riera de los patos, Richard tenía largas conversaciones con sus padres. ¿Qué pensarían de lo que era su vida ahora? ¿Qué pensarían de esta ciudad? Seguramente ambos estarían orgullosos de Creaciones Glamour. Los paseos siempre terminaban con un rápido recorrido por el zoológico. Susan se ponía de mal humor si no miraba al menos unos minutos al pavo ocelado.

A Richard le dio una enorme felicidad cuando el doctor les informó que la enfermedad de la niña estaba en remisión, pero lo invadió una cierta tristeza el ya no tener una excusa para dar esas largas caminatas por el parque.

Con una vida más estable y la nueva paternidad, Richard decidió comprar una membresía familiar para el Centro Deportivo Israelita, un club creado para inmigrantes judíos. Mientras Lore pasaba la mayor parte del tiempo en el club acostada junto a la piscina y Susan dormía en la carriola a su lado, Richard jugaba tenis y voleibol. Se entusiasmó al enterarse de que el CDI tenía un equipo de futbol amateur. El día de las pruebas para entrar al equipo, Richard dejó a su esposa e hija en la piscina y caminó a la cancha con esa emoción vertiginosa que no había sentido en tantos años. Hasta había comprado un par de botines Stylo Matchmakers color marrón y amarillo (absurdamente caros) y un jersey de portero. Finalmente, después de mucho tiempo, volvía al juego que tanto amaba.

—Llegas tarde —dijo el entrenador gruñón, de nombre Korzits, detrás de sus enormes gafas de aviador.

De hecho, Richard había llegado unos minutos temprano. Los demás jugadores seguían repartidos por el campo estirándose y pateando balones. Korzits era una de las principales razones por las que Richard había querido unirse al equipo, pues el polaco, previo a la guerra, había jugado para el formidable Wisla Kraków.

—Lo siento —dijo Richard.

Korzits se bajó las gafas para verlo mejor.

—¿Qué edad tienes? ¿Treinta y tantos? ¿No estás ya un poco viejo para jugar futbol?

Richard se tragó su orgullo y enumeró algunos de sus logros deportivos. Después de todo, en Stuttgart había sido nada menos que un jugador estrella. De no haber ocurrido la guerra, sin duda habría jugado, por lo menos, en una liga subregional. Además, se había mantenido en forma, especialmente durante su paso por el ejército.

—No dudo que seas un jugador fenomenal, todo un Kalle Svensson, pero ya tenemos dos porteros.

Con eso, el entrenador sonó su silbato para reunir a los jugadores en el centro del campo y dejó a Richard solo, con la cola entre las patas.

—¡Vaya humillación! —le dijo a Lore en la piscina—. ¡Ni siquiera me dio una oportunidad! ¿Por mi edad? ¿Por mi aspecto? ¡Debería ir a quejarme con el director del club!

La mujer acostada en el camastro junto a Lore, a quien Richard ni siquiera había notado, se quitó las gafas de sol y, sin vergüenza alguna por intervenir en una plática ajena, le sugirió jugar tenis.

—¿Disculpa?

—Dices que eres un gran atleta, ¿no? ¿Por qué no tomas clases de tenis? Para eso no hay pruebas, equipos o límite de edad.

Fue así como comenzó una larga tradición para Richard de jugar tenis todos los fines de semana en el CDI. Poco tiempo después ya participaba en los torneos de tenis que organizaba el club, incluso ganó algunos.

Su amargura hacia Korzits, de quien desviaba la mirada cuando se cruzaban en el club, se convirtió en gratitud por indirectamente haberlo llevado a jugar tenis. Tanto dejó de importarle el desaire del cascarrabias polaco, que incluso comenzó a asistir a los partidos de futbol del CDI como un simple aficionado. Fue durante uno de esos partidos, contra el Club España, cuando un hombre alto vestido de cárdigan y corbata, un atuendo demasiado elegante para ver el futbol un domingo, se acercó a Richard.

—Señor Pick, hasta que coincidimos. Jimmy Montealvo —dijo estrechándole la mano.

—¿De Montealvo S. A.?

—Para servirte.

Montealvo S. A. era una de los pocos fabricantes de ropa que precedían a Creaciones Glamour. Las empresas eran férreas competidoras. Montealvo estaba allí porque su hijo jugaba en el Club España y, sabiendo que Richard era judío, llevaba preguntando por él desde su llegada al CDI.

—Encantado —respondió Richard, pensando que así terminaría la interacción y podría seguir disfrutando del partido. Pero Montealvo tenía otros planes:

—Me encantaría invitarte a comer la próxima semana.

Eso sí que era una sorpresa.

Montealvo S. A. no estaba ubicada en el ajetreado centro de la ciudad, como Creaciones Glamour y sus demás competidores. Para llegar allí, Richard tuvo que tomar varios tranvías y luego un taxi hasta el elegante barrio residencial de Polanco. Casi se desmayó cuando el guardia armado le permitió la entrada: en el cuarto de costura había al menos veinte máquinas funcionando a tope, su ruido laborioso resonaba contra las paredes. ¿Éste era su competidor? Era un milagro que un pequeño fabricante de ropa pudiera plantarle cara a este monstruo.

Una de las muchas recepcionistas lo saludó y lo acompañó al otro extremo del edificio, donde Jimmy lo esperaba vestido en finos pantalones grises y un elegante saco guinda enmarcando la corbata azul. Hasta entonces Richard se había sentido como todo un hombre de negocios exitoso. Resultaba que el verdadero hombre de negocios era Montealvo. Comparado con él, Richard era tan sólo un simple vendedor. La oficina de Jimmy era más como un departamento, equipada con su propio baño, sala y mesa de comedor. ¡Hasta tenía un televisor!

—Espero que hayas llegado con apetito —dijo el anfitrión mientras se sentaban, cada uno en un extremo de la mesa.

Cuando el mesero apareció con la sopa de tortilla, Richard se preguntó dónde estaba la cocina, pero no quería mostrar su asombro. ¿Por qué de repente le impresionaba el lujo, a él a quien nunca le habían importado las apariencias? Richard y Jimmy hablaron de la ciudad y de la vida familiar, pero sobretodo hablaron de futbol. Montealvo era aficionado del Club Marte, cuyo banderín tenía enmarcado en su oficina, y se ofreció a llevar a Richard a su palco en el estadio. Después de la sopa vino un plato de carne con frijoles y un poco de guacamole. Les sirvieron cerveza oscura, café irlandés y puros cubanos.

—Hablemos de negocios —dijo Montealvo con el puro en la boca—. Quiero que seamos socios.

Richard se quedó mudo. Jimmy tocó una campana y de inmediato apareció una fila de una docena de modelos, cada una con vestidos hechos de las telas más finas. Aquélla era ropa mucho más lujosa que lo que estaba disponible en el mercado local.

—¿Y eso? —preguntó Richard.

—Las cosas en esta industria han cambiado —dijo Jimmy. Las modelos se fueron con la misma gracia con la que llegaron—. Cuando empecé en este negocio, uno siempre se salía con la suya, pero la competencia se ha vuelto feroz. Primero llegaste tú, luego Monarca y Yolanda, después Marioneta, Goncalvez y Regiomontano, y así sucesivamente. Sé que te va muy bien, Richard, como a mí, pero entre más jugadores haya en este juego, menos serán nuestras utilidades.

Tenía razón. Era un tema que Richard tenía presente, por más que no le gustara contemplarlo. Las rebanadas del pastel eran cada vez menores. Los buenos empresarios no huían de las verdades difíciles, las tomaban por los cuernos.

—¿Qué tienes en mente?

—Estas prendas que viste hoy son el futuro. La tela es fina, de importación. Es una línea muy por encima de lo que ofrecen Monarca, Goncalvez o, seamos honestos, Creaciones Glamour.

—¿Y?

Jimmy se rio.

—¡Te digo, amigo, quiero que seamos socios!

—¿Por qué? —reviró Richard—. Parece como que tienes este negocio más que resuelto.

—Casi todo. El material de la ropa que acabas de ver, como lo podrás imaginar, es bastante caro. Cuesta el doble, tal vez el triple de lo que pagas por el tuyo. Sería una fuerte inversión. Así que me puse a pensar, ¿en quién puedo confiar para acompañarme en este nuevo trayecto? ¿Qué te parece Montealvo y Pick? ¿Pick y Montealvo? Consideré Jimmy and Richard Enterprises, pero es demasiado informal, ¿no? Ésta será, después de todo, una línea lujosa.

¿Fusionar su empresa? ¿Con Jimmy Montealvo? ¿Significaría eso que Richard trabajaría en este palacio? ¿Vestiría con ropa elegante y un mesero le serviría la comida todas las tardes? El abogado de Montealvo S. A. llegó con los contratos y los tres hombres se sentaron en la sala de la oficina. Pluma en mano, Richard se encontraba más que listo para firmar, pero ésta era una decisión demasiado importante para tomarse sin pensarlo un poco y hablarlo con Lore.

—Me llevo el contrato y nos vemos la semana siguiente para la firma.

El semblante de Jimmy cambió en un instante. El abogado también se molestó.

—Lo que viste es la colección de la próxima temporada —dijo Jimmy—. De por sí ya vamos muy atrasados. No podemos darnos el lujo de esperarnos una semana. Carajo, Richard, no podemos esperar ni un día.

—Es demasiado apresurado. No pensarás que pueda tomar una decisión así de importante a bote pronto, Jimmy.

Montealvo levantó su agenda telefónica.

—Aquí hay al menos cinco competidores que con una simple llamada aprovecharían la oportunidad que tú estás desechando. Lo harían sin chistar. Lo que te ofrezco duplicaría, por lo menos, tus ganancias.

—Entiendo, pero…

—Como dice el dicho: a caballo regalado no se le miran los dientes.

Jimmy tenía razón. La oportunidad de asociarse con el líder de la industria no era algo que se presentaba todos los días. Montealvo y Pick, Pick y Montealvo… Dominarían la industria de la confección.

—Dame un día —le pidió Richard—. Nos vemos aquí mañana a primera hora para firmar.

—Seré muy claro, Richard. Si te vas de aquí sin firmar, estás fuera. Sería una falta de respeto para mí y para mi negocio.

Richard se quedó inmóvil unos minutos, evitando la mirada de Jimmy y su abogado. Tomó el contrato para hojearlo de nuevo. Había muchas razones para firmar, pero una poderosa razón para no hacerlo las venció a todas: Zsolt Kormos. Hacía quince años, cuando su padre fue engañado en Teplitz-Schönau, Richard se prometió a sí mismo nunca caer en la trampa del dinero fácil. El dinero era algo por lo que se trabajaba, algo que llegaba con la sangre, el sudor y las lágrimas. Recordó que siempre había una mentira detrás del dinero fácil.

Después, cuando Richard le contó a Jack Ruddy lo ocurrido, el americano celebró el hecho de que Richard no hubiera caído en las garras de Montealvo. La realidad era que su empresa, la de las oficinas en Polanco con meseros y modelos, estaba completamente quebrada. Montealvo simplemente daba sus últimas patadas de ahogado.

¿Lo ves, papá?, pensó Richard, todo el terrible episodio Blask no fue en vano.

1954

Distrito Federal, México

El 26 de diciembre, mientras la ciudad descansaba en el letargo postnavideño, el padre de Lore murió repentinamente. Cuando Clara habló para darle la noticia a su hija, Lore, con casi nueve meses de embarazo, colgó el teléfono y se deslizó por la pared hasta quedar sentada en el suelo, atónita. Así fue como Richard la encontró al salir de bañarse esa mañana. Preguntó cómo había muerto.

—El corazón —dijo Lore.

Joseph nunca había sido un hombre de problemas cardiacos.

—Lo siento.

—Llévame con mi madre —dijo Lore—. Tengo que verla.

Pero justo al salir del edificio Lore comenzó con dolores de parto.

—Vamos al hospital —dijo Richard.

—¡De ninguna manera! —exclamó Lore—. Tengo que ver a mi madre.

El dolor se había apoderado de ella, nublando su visión.

—Está bien —respondió Richard—. Vamos con tu madre.

Aceleró hacia el hospital, con Susan berreando en el asiento trasero junto a su madre. Sylvia, una bebé tierna y saludable, no nacería hasta casi treinta horas después. El ambiente en la habitación del hospital era confuso, por decir lo menos. Lore brillaba de felicidad sosteniendo a su recién nacida, pero al mismo tiempo estaba inconsolable por la muerte de su padre. Richard también se enamoró de

Sylvia al instante e hizo las paces con el hecho de que no tendría el varón con el que tanto había soñado.

Pero además de estar ocupado en el hospital y preparando los arreglos del funeral, Richard tenía que hacerse cargo del negocio. Aunque Montealvo resultó ser un mentiroso, algo de lo que dijo era cierto: el mercado de la confección en México ya no era el mismo. Y durante los tres años a partir de que Richard recibió esa advertencia, las cosas sólo habían empeorado. Cada mes aparecía una nueva marca vendiendo mejores vestidos a precios más bajos. Richard sabía que si no evolucionaba, Creaciones Glamour terminaría en la quiebra y, con una niña de tres años y una recién nacida, la quiebra no era una opción viable.

Algunos meses después del nacimiento de Sylvia, Richard voló a Nueva York para echarle un vistazo a las nuevas líneas estadounidenses. En Bloomingdale's y Macy's vio docena tras docena de hermosos vestidos con cortes innovadores y patrones elegantes. Compró sus favoritos para que Lore pudiera copiarlos y Creaciones Glamour los tuviera en tiendas lo antes posible. En el vuelo de regreso, Richard se entretuvo leyendo el último número de la revista *Fortune*. En sus páginas encontró un artículo sobre un hombre llamado A. W. Jones quien, según la revista, era un genio en algo llamado *shorting*. El *shorting* era una práctica de la que Richard no sabía absolutamente nada, incluso con su licenciatura en economía. Consistía en pedir prestado un lote de acciones, venderlo al precio de mercado vigente y esperar a que el precio cayera, para luego comprar el lote una vez más y devolverlo al prestamista. Era una maniobra financiera bastante compleja en la que la ganancia del consumidor se determinaba por la diferencia entre los precios de venta y luego de compra. En otras palabras, era apostar en contra de una acción.

Richard, durante años, había querido invertir su dinero, pero siempre lo posponía, prometiéndose a sí mismo hacerlo en el momento correcto. Ya había esperado demasiado. No había un momento perfecto para entrar al mercado de valores. Llegando a casa, tras darle un abrazo a su esposa e hijas, Richard tomó el teléfono y marcó al fondo de Jones en las Islas Bermudas, donde residía el señor Jones por razones fiscales.

—Quisiera hablar con el señor Alfred Winslow Jones —gritó Richard a través de la mala conexión.

La recepcionista le dijo que el señor Jones no tomaba llamadas no solicitadas y, sin más, colgó el teléfono. Al día siguiente Richard volvió a llamar y, después de mucha espera, lo conectaron con uno de los corredores. Éste de inmediato quiso saber cuánto dinero estaba dispuesto a invertir Richard. Después de hacer unos cálculos, Richard decidió que quince mil dólares era una buena cifra, pero temiendo que no fuera suficiente, dijo que invertiría veinte.

—¿Veinte qué, señor Pick?

—Veinte mil dólares.

Tan sólo decir la cifra le revolvía el estómago.

El corredor se indignó con la propuesta.

—No creo que seamos el fondo correcto para usted.

Pero Richard continuaba con ganas de invertir. Fue a todas las librerías que conocía para comprar libros sobre los mercados de valores, pero no encontró ninguno. Después fue a la Bolsa Mexicana de Valores, convenientemente ubicada cerca de su oficina, para incursionar directamente en la compraventa de acciones. Todos los días a la hora del almuerzo Richard se escapaba a la BMV, donde los corredores no se cansaban de gritar sus ofertas. Cada que se cerraba una transacción, un niño parado en una plataforma marcaba el precio en una larga pizarra.

Todo eso le resultaba muy divertido a Richard, pero pronto se daría cuenta de que la BMV era lo que los expertos llamaban un "mercado delgado", o sea un mercado no muy rentable. Eran las ligas menores.

1967

San Francisco, Estados Unidos

En el último día del viaje, después de pasear y hacer algunas compras, Richard dejó a su esposa e hijas, ya adolescentes, en el hotel y se apresuró a la librería más cercana.

—¿Tienen algo sobre el comercio de acciones? —le preguntó a la mujer de la caja.

Ella volvió con cinco libros de tapa dura y tres más de bolsillo. Richard los había leído todos menos uno, pues siempre que iba a Nueva York compraba todos los libros que le cabían en la maleta. El libro era *Understanding Put and Call Options*, de reciente publicación. Llevaba más o menos una década invirtiendo en la Bolsa de Nueva York, a través de corredores, pero nunca había sentido que le estaba sacando el máximo provecho ante tantas posibilidades. En pocas palabras, invertía como un diletante. Richard abrió el libro esa misma noche y no lo soltó hasta que lo sorprendieron los primeros rayos de sol de la mañana siguiente. Luego, al regresar a México, lo volvió a leer. Muchos lo hubieran descrito como una lectura árida y demasiado técnica, pero para Richard el libro era tan entretenido como las mejores películas de Hollywood.

En su siguiente viaje a Manhattan, Richard buscó las oficinas del autor, Herbert Filer, y fue a visitarlo. Para su gran sorpresa, Filer lo recibió de inmediato.

El hombre era brillante, pero no tenía ninguna prisa para demostrarlo. Hablaron sobre la vida en el ejército —Filer era veterano de la guerra de Corea— y sobre la jardinería, el gran pasatiempo del autor. Desafortunadamente, en cuanto comenzaron a hablar de negocios, Filer le dijo a Richard que no podía ayudarlo ya que él no era un corredor. Pero le recomendó ir a ver a Arthur Vare de Kalb, Voorhis & Co. Allí, Richard le expresó al señor Vare su interés en vender opciones. Este hombre ni se acercaba a la calidez de Filer.

—¿Tiene experiencia en esto, señor Pick?

—Sólo sé lo que leí en *Understanding Put and Call Options.*

Vare le hizo unas preguntas técnicas. Una vez que se convenció de que Richard no era un ignorante, bajó la guardia y comenzó una conversación bastante estimulante. Veinte minutos más tarde, Richard firmaba los documentos necesarios. Sería el comienzo de una larga y fructífera relación con Vare y su despacho.

1971

Distrito Federal, México

Después de que Susan se casara y se fuera a Londres a continuar sus estudios, la madre de Lore comenzó a sufrir cada vez más por una condición respiratoria. El médico le recetó un jarabe rojizo que funcionó bien, pero el jarabe eventualmente perdió su eficacia. Lore y Richard llevaron a la enferma con varios especialistas y ningún diagnóstico que recibieron fue esperanzador. Tras una de las tantas consultas, el médico habló con Richard a solas para informarle que no había salida.

—Tal vez si pudiera recetarle algún…

—Lo siento.

—¿O sea que no hay más que hacer?

—Pueden visitar a todos los neumólogos de la ciudad, pero eso no cambiará la situación. Lo mejor, tanto para usted como para su esposa y la paciente, es resignarse. Clara ha tenido una vida larga y fructífera, ¿no es así?

Murió a finales de noviembre. Richard, sentado en la sala de sus suegros, abrazando a su inconsolable esposa, no podía creer que habían ya pasado casi tres décadas desde que Lore lo llevó del aeropuerto al departamento frente al parque. Lore no sabía qué decir. Perder una madre es un momento trágico para cualquiera, pero para Lore fue particularmente triste por lo cercanas que habían sido. Se sentía un profundo dolor en todo el departamento.

—Esa mujer era un rayo de luz —dijo la mejor amiga de Clara, Karin, cuando llegó, con el cuello de su blusa rasgado en la tradición judía de duelo. Karin también rasgó el bolsillo de la camisa de Richard, jalándolo con su mano derecha.

Aunque Lore no era religiosa, le era importante observar las costumbres judías para honrar el fallecimiento de su madre. Acostaron el cuerpo en el piso de madera y le cerraron los ojos. Se calmaron un poco viéndola descansar en paz mientras la envolvían en una sábana. Después cubrieron todos los espejos de la casa. Richard fue a comprar velas y Karin llamaba a amigos y conocidos para informarles del fallecimiento. Richard y Lore se quedaron en casa durante siete días recibiendo a todos quienes quisieron visitarlos. Lore casi no durmió ni comió durante esa semana, incluso se negó a ducharse o peinarse, pues iba en contra de la prohibición judía de participar en actividades placenteras durante el duelo.

Fue increíble para Richard finalmente salir del departamento en Avenida México 188. Parecía que apenas la semana pasada le había preguntado a Lore Steiner, la chica más guapa de Stuttgart, si quería ir al cine con él.

1972

Distrito Federal, México

Para celebrar el vigésimo quinto aniversario de Creaciones Glamour, los Pick organizaron una fiesta para empleados y amigos en un hotel del centro. En el evento, Richard pronunció un breve discurso y Lore hizo lo mismo. Al escuchar a su esposa describir su tiempo en el negocio de la confección (las dificultades iniciales, las noches sin dormir, la presión constante), Richard se percató de lo cansada que debía estar. Al regresar a casa esa noche, Richard se aflojó la corbata, preparó un par de tragos y se sentó con su esposa en la sala.

—Ya estamos viejos —dijo él con su mano descansando en la pierna de Lore.

—No tanto.

—Arrugas, canas… ¿A dónde se nos fue el tiempo?

La pregunta no fue respondida porque no tenía respuesta. O, más bien, era una pregunta con demasiadas respuestas.

Creo que debes jubilarte —dijo Richard.

—¿Yo? No seas ridículo. La compañía está mejor que nunca. Los números del último trimestre…

—Lore, por favor, detente. Basta con los números del trimestre y las ventas y la productividad. Le has dado tanto a esta empresa. Susan está casada y fuera del país. Sylvia pronto entrará a la universidad. Es tiempo de que te relajes.

Lore se tomó un momento para reflexionar lo dicho por su esposo mientras intentaba contener las lágrimas.

—Está bien.

—¿En serio?

Richard no pensó que sería tan fácil convencerla.

—Con una condición —dijo Lore.

—Claro. Lo que quieras.

—Que tú hagas lo mismo.

Eso sí que no se lo esperaba.

—Bueno. Quizás en unos años. No sé si sería buena idea…

Lore lo interrumpió:

—Este proyecto lo iniciamos juntos. Si se va uno, se va el otro. Así es como debe ser.

Richard nunca había considerado jubilarse tan joven, pero al hacerlo sintió cómo se le quitaba un gran peso de encima. Vaya que si Lore lo conocía. Había estado pensando en lo exhausta que debía estar ella, pero en realidad era él quien no podía continuar.

1972

Múnich, Alemania

Para celebrar su jubilación, Richard y Lore decidieron asistir a los Juegos Olímpicos en Múnich. Se les hizo una oportunidad maravillosa para volver a su tierra natal después de tanto tiempo. Para Richard no había mejor premio, mejor manera de opacar el recuerdo de los otros Juegos Olímpicos en Alemania, celebrados en 1936 bajo el régimen de Hitler, cuando los Pick estaban refugiados en Checoslovaquia. Además, después de los Juegos, Richard y Lore pasarían una semana viajando por África previo a su regreso.

Richard estaba emocionado como un niño con la perspectiva de presenciar la grandeza de atletas como el nadador americano Mark Spitz y el velocista soviético Valeri Borzov. Y claro que también quería ver mucho futbol. Tanto México como Alemania Occidental llevaban escuadras poderosas. Había estado leyendo en los periódicos sobre un delantero teutón de nombre Ottmar Hitzfeld, mientras que la estrella mexicana era Leonardo Cuéllar, un joven delantero a quien Richard ya conocía de los Pumas. En el vuelo a Nueva York, Richard le expresó a Lore lo emocionante que sería el extraño regalo de ver una final de futbol olímpico entre Alemania Occidental y México en Múnich.

Sabía que pisar el aeropuerto Múnich-Riem sería algo muy emotivo, pero no estaba preparado para tanta intensidad. La última vez que había estado allí fue cuando escapó hacia Barcelona. En ese entonces, cuando el aeropuerto estaba recién inaugurado, Richard no tenía un solo centavo y su futuro, por decir lo menos, era incierto. ¿Sería que el olor del aeropuerto fuese el mismo después de tantos años o su cerebro simplemente le jugaba una broma? Todo era tan abrumador, el idioma, la gente… En un instante le volvieron muchos recuerdos que llevaba décadas suprimiendo.

Maravillado en el taxi rumbo al hotel, Richard notó que Alemania ya no era la misma. Mientras que el país del que había escapado estaba desgastado y siempre en crisis, el que visitaba ahora era próspero, con poco desempleo y una moneda estable. Sus compatriotas se veían felices, motivados y optimistas. Cada competencia a la que asistían era más divertida que la pasada: gimnasia, atletismo, lucha grecorromana… Incluso cuando Lore se iba al hotel a descansar un poco, Richard continuaba de evento en evento. Alemania Occidental y México no se vieron las caras en el partido por la medalla de oro, pero lo hicieron en la segunda ronda del torneo. Richard y Lore estuvieron allí en el Frankenstadion de Núremberg para presenciar el empate 1-1, con goles de Hitzfeld y Cuéllar. (Tanto los mexicanos como los alemanes serían eliminados por el poderoso equipo de Alemania Oriental, cuya fuerte defensa e implacable ataque les merecería el bronce).

Las vacaciones se perfilaban como unas de las mejores de Lore y Richard… si no hubiera ocurrido la tragedia. Su regreso a Alemania parecía demasiado bueno para ser verdad. La tragedia estaba en el destino. Un par de días antes de la ceremonia de clausura, un grupo de terroristas palestinos llamado Septiembre Negro irrumpió en las habitaciones de la delegación israelí. Exigían que más de cien palestinos encarcelados fueran liberados a cambio de los once israelíes que tenían de rehenes. Lo que siguió fue un total desastre. Los palestinos, en lo que sería nombrada La masacre de Múnich, terminarían asesinando a los once atletas. Cinco de los ocho terroristas murieron, así como un policía alemán.

Tras la tragedia una profunda sensación de desesperanza se instaló en Richard y Lore. Allí estaban, de vuelta en Alemania, triunfadores y alegres, treinta años después de haber huido de la violencia, la ignorancia y el odio, y una vez más su país era el hogar de hechos indescriptibles. Se quedaron despiertos la mayor parte de esa noche intentando encontrarle sentido a lo sucedido, búsqueda que resultó inútil. Al día siguiente asistieron a un servicio conmemorativo en el Olympiastadion, organizado por el presidente Walter Ulbricht y otros funcionarios de alto rango, que duró más de cuatro horas. Al finalizar, el presidente del Comité Olímpico, Avery Brundage, anunció que los juegos continuarían para mostrarle al mundo que no habían ganado los terroristas. Pero Richard y Lore no podían imaginarse celebrando eventos atléticos después de lo que acababan de presenciar. Empacando sus maletas en el hotel, se preguntaron si podían continuar con su viaje a África. ¿No era todo esto demasiado horrible para seguir con sus vacaciones?

—Tal vez deberíamos volver a México y mantener nuestros pensamientos con nuestros hermanos asesinados —dijo Richard.

—O tal vez podríamos hacer lo que siempre hemos hecho —respondió Lore—, seguir adelante y negarnos a que nos bata el dolor infinito de este mundo.

Eran, al fin y al cabo, sobrevivientes.

Por amor a la libertad de Richard Pick
se terminó de imprimir en noviembre de 2023
en los talleres de
Impresora Tauro, S.A. de C.V.
Av. Año de Juárez 343, col. Granjas San Antonio,
Ciudad de México